La dama

Ragnar Jónasson

La dama

Serie Inspectora Hulda, 1

Traducción del islandés por
Kristinn R. Ólafsson y Alda Ólafsson Álvarez

Seix Barral

Título original: *Dimma*

Seix Barral, un sello editorial de Editorial Planeta, S. A.
Avda. Diagonal, 662-664, 08034 Barcelona (España)
www.seix-barral.es
www.planetadelibros.com

Este libro se ha traducido con la ayuda de:
ICELANDIC LITERATURE CENTER

Adaptación de la cubierta: Booket / Área Editorial Grupo Planeta, a partir de la idea original de semper smile, Múnich Calafell
Imagen de la cubierta: © Conny Hepting / plainpicture y MoonRock / Shutterstock
Primera edición en Colección Booket: marzo de 2025
Primera edición en esta presentación: enero de 2026

Depósito legal: B. 21.120-2025
ISBN: 978-84-322-4929-7
Impreso en España

Biografía

Ragnar Jónasson nació en 1976 en Reikiavik, Islandia, y es escritor y abogado. A los diecisiete años se convirtió en el traductor al islandés de las novelas de Agatha Christie. Ha trabajado como periodista de informativos en la radio y la televisión públicas, imparte cursos sobre derechos de autor en la Universidad de Reikiavik y es miembro de la Crime Writers' Association de Reino Unido (CWA), además de cofundador del festival internacional de novela negra de Islandia, el Iceland Noir. Su obra ha recibido múltiples distinciones, entre las que destacan el reconocimiento a la mejor serie de novela negra por *The Independent*, *Sunday Express* y *Daily Express*, además del Dead Good Reader Award y el Premio Best Novel VLCNEGRA 2023. Es autor de la sextalogía Islandia Negra, publicada íntegramente en Seix Barral (*La sombra del miedo*, *La muerte blanca*, *Niebla en el alma*, *La noche eterna*, *La verdad silenciada* y *El crimen del fiordo*), que se desarrolla en el pintoresco pueblo de Siglufjördur, de donde es originaria su familia. Con *La dama* y sus continuaciones, *La isla* y *La tormenta*, inicia su serie protagonizada por la Inspectora Hulda, que acaba de ver la luz recientemente como adaptación televisiva de la mano de la prestigiosa Skyshowtime con el título *The Darkness* (*La oscuridad*). Las novelas de Ragnar Jónasson se publican con gran éxito en más de treinta países y cuentan con más de cinco millones de lectores.

A mi madre

Esta obra es ficción en su totalidad y ningún personaje incluido en ella guarda semejanza alguna con la realidad. Un agradecimiento especial a Haukur Eggertsson por sus consejos sobre las excursiones de alta montaña y a la fiscal Hulda María Stefánsdóttir por su ayuda en relación con los métodos de trabajo de la policía.

La ira es un golpe de trueno que carga el Diablo.

Distorsiona cada miembro y coyuntura del hombre, y enciende el fuego en sus ojos...

El obispo Jón Vídalín (1666-1720)

PRIMER DÍA

I

—¿Cómo me ha encontrado? —preguntó la mujer con voz temblorosa y el temor asomándole al rostro.

La inspectora Hulda Hermannsdóttir, curtida en mil batallas, ya estaba acostumbrada a ver esa reacción en sus interlocutores, incluso en quienes no tenían nada que ocultar: para nadie era plato de buen gusto verse obligado a contestar a las preguntas de la policía, daba igual que fuese al tomarles declaración en comisaría o en una charla informal como esa. Estaban sentadas una frente a otra en una pequeña sala de descanso, detrás de la cocina del personal, en la residencia geriátrica de Reikiavik donde la mujer trabajaba como auxiliar de enfermería. Rondaba los cuarenta años; pelo corto, aspecto cansado; saltaba a la vista que la inesperada visita de la inspectora la había puesto nerviosa. Pese a que su reacción podría tener una explicación lógica, Hulda estaba bastante segura de que la mujer no era trigo limpio.

A lo largo de los años había interrogado a tantas personas que le resultaba fácil detectar cuándo alguien intentaba engañarla. Algunos lo llamarían intuición, una palabra que Hulda detestaba.

—¿Que cómo te he encontrado? —repitió Hulda con tono sereno—. ¿No querías que te encontraran? —Sabía que era un argucia por su parte, que estaba retorciendo sus palabras, pero debía coger las riendas de aquella charla.

—¿Eh? No, no es eso lo que...

Flotaban trazas de café en el aire —llamarlo aroma sería una exageración—, y la salita estaba lejos de resultar acogedora.

La mujer había apoyado la mano en la mesa y, cuando se la llevó a la mejilla, dejó una reveladora huella de sudor en el tablero. En circunstancias normales, Hulda se habría alegrado ante la posibilidad de haber atrapado al fin a su culpable, pero esta vez no había ni rastro de esa alegría.

—Necesito hacerte unas preguntas al respecto de un incidente que ocurrió la semana pasada —dijo Hulda tras un breve silencio.

Hablaba deprisa pero con voz cálida y alegre, como era su costumbre; una fachada positiva que había aprendido a adoptar en su vida profesional, incluso en casos difíciles como este. En cambio, por la noche, una vez en casa, su actitud no podía ser más distinta y, con todas sus reservas de energía agotadas, dejaba que el cansancio y el abatimiento la atrapasen.

La mujer asintió con la cabeza: era obvio que sabía cuál iba a ser la siguiente pregunta.

—¿Dónde estuviste el viernes por la mañana?

La respuesta no se hizo esperar:

—En el trabajo, creo recordar.

Hulda casi se sintió aliviada al darse cuenta de que iba a pelear con uñas y dientes por su libertad.

—¿Estás segura de eso? —insistió mientras se recostaba en la silla con los brazos cruzados, como solía hacer cuando interrogaba a alguien, y observó atentamente su reacción.

Sabía bien que, al verla en esa postura, algunos pensaban que estaba a la defensiva o que no empatizaba. ¿A la defensiva? En absoluto: solo era un modo de atarse las manos, controlarlas para que no la distrajesen de lo importante. Y en cuanto a su falta de empatía, Hulda no sentía ninguna necesidad de empatizar más de lo que ya lo hacía; el trabajo le pasaba factura: se volcaba en él de lleno, con un empeño que a veces rayaba en la obsesión. Aun así, intentaba dar buena impresión.

—¿Estás segura? —repitió—. Es fácil de comprobar. No querrás que te pillemos en un renuncio.

La mujer callaba, pero era evidente que estaba incómoda.

—Atropellaron a un hombre —comentó Hulda, como si tal cosa.

—¿Ah, sí?

—Sí, seguro que lo has visto en la prensa o por televisión.

—¿Eh? Ah, sí, puede ser. —Tras un breve silencio, añadió—: ¿Cómo está?

—Saldrá adelante, si es eso lo que quieres saber.

—No, no; no exactamente... Yo...

—Pero nunca se recuperará del todo. Sigue en coma. ¿De modo que te suena el caso?

—Lo habré... Supongo que lo he leído en algún lado —contestó la mujer.

—Los periódicos no han informado al respecto, pero se trata de un pederasta convicto.

La mujer ni siquiera cambió de expresión al oírlo, así que Hulda siguió adelante:

—Es de suponer que cuando lo atropellaste ya estabas al tanto.

Ninguna reacción todavía.

—Fue condenado hace años; ya había cumpl...

—¿Por qué cree que tengo algo que ver con eso? —la interrumpió la mujer.

—Como iba diciendo, ya había cumplido su condena. Pero, tal y como ha revelado la investigación en curso, eso no implica que se hubiese rehabilitado. Tenemos razones de peso para creer que el atropello no fue un accidente, así que entramos en casa de ese hombre en busca de un móvil. Y fue allí donde encontramos todas esas fotos...

—¿Fotos? —preguntó, con los nervios a flor de piel—. ¿Fotos de qué? —Contuvo el aliento.

—De niños.

Saltaba a la vista que la mujer quería hacer más preguntas, pero se mordió la lengua.

—Incluido tu hijo —añadió Hulda para contestar a la pregunta no formulada.

Ahora se abrieron las compuertas de las lágrimas.

—¿Fotos... de mi hijo? —tartamudeó a través de los sollozos.

—¿Por qué no lo denunciaste? —preguntó Hulda, intentando que no sonase a reproche.

—¿Eh?... No sé, está claro que debería haberlo hecho... Pero pensé en él, ¿sabe?, pensé en mi niño. No podía hacerlo pasar por eso. Habría tenido que..., que hablar de ello..., testificar ante un juez. Tal vez fue un error...

—¿Atropellar a ese hombre? Sí, lo fue.

—Pues... sí... —dijo la mujer tras un breve titubeo—, pero...

Ahora Hulda esperó, quiso darle tiempo para confesar. No sentía ningún placer por haber resuelto el caso; el problema era que no estaba en absoluto convencida de que la mujer que tenía sentada frente a ella fuera la verdadera culpable, aun suponiendo que fuera la responsable. Probablemente era más bien la víctima.

La mujer lloraba a lágrima viva.

—Yo..., yo lo seguía... —Se quebró, incapaz de hablar.

—¿Lo seguías? Vivís en el mismo barrio, ¿verdad?

—Sí... —susurró a través de las lágrimas—. Vigilaba a ese desgraciado. No podía soportar la idea de que continuara con aquello. —La ira parecía darle una especie de energía extra, aunque seguía llorando—. Me despertaba por las noches con pesadillas, imaginando que había escogido a otra víctima. Y..., y... que la culpa era mía, porque no lo había denunciado. ¿Entiende?

Hulda asintió con la cabeza, y no mentía.

—Y entonces lo vi allí, junto al colegio. Yo acababa de acercar a mi hijo en coche. Aparqué y lo estuve observando; lo vi hablar con algunos chicos, con esa..., esa asquerosa sonrisa en los labios. Se quedó en el patio del recreo durante un rato y yo iba poniéndome cada vez más furiosa. No lo había dejado, está claro, los tipos como él nunca lo hacen. —Se enjugó las lágrimas que rodaban por sus mejillas, aunque seguían brotando a raudales.

—Cierto.

—Después, la oportunidad surgió sin más. Cuando se alejó del colegio fui tras él y vi que cruzaba una calle desierta; allí no había nadie aparte de él, nadie que pudiera verme, así que pisé el acelerador. Eso es todo. No sé en qué estaría pensando, ¿entiende? En realidad, no pensaba en nada. —Volvió a enterrar el rostro entre las manos y se dejó llevar de nuevo por el llanto. Cuando retomó la palabra, estaba temblando—: No quería matarlo, o no creo que quisiera. Solo estaba asustada y enfadada. ¿Qué va a pasar ahora? No puedo..., no puedo ir a la cárcel. Solo somos los dos: mi hijo y yo. Su padre es un completo inútil; seguro que ni siquiera querrá hacerse cargo de él.

Hulda se levantó y puso la mano con delicadeza en el hombro de la mujer, sin decir nada.

II

La joven madre estaba de pie junto al cristal, a la espera. Como de costumbre, se había engalanado para la visita: el abrigo de los domingos se notaba ya muy gastado, pero andaba mal de dinero, así que tenía que bastar. Siempre la hacían esperar, como si trataran de castigarla, de recordarle que había cometido un error y le diesen la oportunidad de meditar sobre lo que había hecho. Para colmo, fuera llovía y llevaba calado el abrigo.

Transcurrieron en silencio varios minutos que se le hicieron eternos, hasta que por fin apareció una niñera con la pequeña en brazos. El corazón de la madre dio un salto, como siempre que veía a su hija al otro lado del cristal. Sintió que una oleada de desesperación y tristeza la envolvía, pero hizo de tripas corazón para disimular como pudo, pese a lo difícil que le resultaba. Aunque la niña solo tenía seis meses —justo los cumplía ese día—

y seguramente no se acordaría de nada de esa visita, algo le decía a la madre que era importante intentar crear recuerdos positivos, hacer de aquellas ocasiones algo que valiera la pena.

Pero la pequeña no parecía alegrarse al verla; peor aún, no mostraba ninguna reacción ante la mujer de detrás del cristal. Bien podría haber estado mirando a una desconocida: una mujer rara con un abrigo mojado a quien no había visto nunca en la vida. Y, sin embargo, no hacía tanto que había estado en brazos de su madre en la maternidad.

La dejaban venir de visita dos veces a la semana. Eso no bastaba. Cada vez que iba tenía la impresión de que la distancia entre ellas se iba agrandando, de que la niña perdía poco a poco la conexión con su madre: solo dos visitas semanales y un vidrio de por medio.

La madre intentó decirle algo a su hija, trató de hablar con ella a través del cristal. Sabía que el sonido le debía de llegar bastante bien, pero también se daba cuenta de que las palabras por sí solas tenían poco efecto. Era demasiado pequeña para entender nada de lo que se le decía: lo que necesitaba era el cálido abrazo de su madre.

Esforzándose en contener el llanto, sonrió a su hija al tiempo que le decía en voz baja lo mucho que la quería.

—Come bien, mi niña —le dijo—. Sé buena con las niñeras.

Aunque lo que más deseaba en ese instante era romper el cristal, arrebatar a su pequeña de los brazos de esa cuidadora, abrazarla fuerte y no volver a separarse de ella. Nunca jamás.

Sin darse cuenta, había ido aproximándose al cristal. Dio en él unos golpecitos y entonces la niña reaccionó: esbozó una leve mueca, una sonrisa que derritió el corazón de la madre y desató la primera lágrima, que corrió por su mejilla. Comenzó a golpear el cristal un poco más fuerte, pero el bebé dio un respingo y rompió a llorar.

Incapaz de contenerse, la reacción instintiva de la madre fue golpear aún más fuerte. Y gritar:

—¡Dámela! ¡Dame a mi hija!

Entonces la niñera al otro lado del cristal se puso en pie rápidamente y desapareció con el bebé, e incluso entonces la madre siguió golpeando y gritando.

De pronto, alguien le puso la mano en el hombro con firmeza. Dejó de golpear y echó la vista atrás, hacia la anciana que permanecía a su espalda. Se habían visto antes.

—Sabes de sobra que no puedes hacer esto —dijo en tono firme—. No puedes venir de visita si vas a armar un escándalo. Asustas a tu pequeña.

Las palabras resonaron en la cabeza de la madre. Las había oído antes: que todo esto de no crear un vínculo demasiado fuerte con la madre era lo mejor para la niña, porque si no el tiempo entre visitas resultaría todavía más difícil. Tenía que comprender que ese acuerdo era solo por el bien de la niña.

Para ella aquello no tenía el menor sentido, aunque fingió que sí solo por no arriesgarse a que le prohibieran las visitas.

De nuevo fuera, bajo la lluvia, decidió que cuando su hija y ella estuvieran juntas de nuevo, nunca le hablaría de esta época, ni del cristal, ni de la separación forzosa. Solo tenía la esperanza de que la pequeña no se acordase de nada.

III

Ya eran las cinco pasadas cuando acabó de interrogar a la mujer, así que se marchó directa a casa. Tenía que reflexionar antes de dar el siguiente paso.

El verano estaba a las puertas y los días eran cada vez más largos, pero el sol no se dejaba ver; todo era lluvia y más lluvia.

En su recuerdo, los veranos habían sido más cálidos, más claros, bañados por la luz del sol. Tantos recuerdos... Demasiados, de hecho. Resultaba increíble pensar que ya estaba a punto de cumplir sesenta y cinco años. No se sentía para nada como alguien que deja atrás el ecuador de los sesenta, como alguien que ve asomar los setenta en el horizonte.

Aceptar la edad era una cosa; aceptar el final de la carrera profesional era otra muy distinta. En todos los aspectos era lo que más pesaba. La jubilación quedaba a la vuelta de la esquina y no había nada que hacer. Desde luego, no sabía cómo debía sentirse una persona de esa edad. Recordaba a su madre, que se había convertido en una anciana a los sesenta años, e incluso antes. Pero ahora que llegaba su turno, Hulda no notaba una gran diferencia entre los cuarenta y cuatro años y los sesenta y cuatro. Si acaso, se cansaba un poco antes, pero nada digno de mención. Aún conservaba una buena vista para su edad, aunque el oído comenzaba a flaquearle algo.

También se mantenía en buena forma: algo tendría que ver en eso su pasión por la vida al aire libre. Demonios, si tenía incluso un certificado que demostraba que no era una vieja: «Una forma física excelente», le había dicho aquel joven médico —con mucho, demasiado joven para serlo de verdad, por supuesto— en la última revisión médica. En realidad, lo que le había dicho era: «Una forma física excelente *para su edad*».

Aún mantenía el tipo, y el pelo corto y moreno conservaba el color sin necesidad de tintes, solo con alguna cana. Únicamente al mirarse en el espejo podía advertir los estragos del tiempo. A veces no daba crédito a sus ojos, como si la mujer que le devolvía la mirada desde el cristal fuese una desconocida, alguien a quien preferiría no reconocer, aunque la cara le resultaba familiar. Arrugas de acá para allá, bolsas bajo los ojos, la piel flácida. ¿Quién era esa mujer? ¿Y qué hacía allí en el espejo?

Hulda estaba sentada en el sillón bueno, el que había pertenecido a su madre, mirando por la ventana del salón. Las vistas no eran nada del otro mundo: un paisaje urbano desde la cuarta planta de un bloque de viviendas.

No siempre había sido así. De cuando en cuando se permitía unos segundos de nostalgia por los viejos tiempos, la vida en familia en el chalet de la urbanización de Álftanes, junto al mar. Se permitía ceder al impulso de los recuerdos. Ahí los pájaros cantaban más alto, y más a menudo; ahí la naturaleza estaba al alcance de la mano, en el jardín trasero.

Y de algún modo los años habían pasado tan deprisa... Se diría que fue ayer cuando ella misma se convirtió en madre, cuando se casó. Pero si echaba la cuenta de los años, estaba claro que hacía ya una eternidad. El tiempo a veces es como un acordeón que se expande y se contrae.

Sabía que echaría de menos el trabajo, a pesar de que a menudo tenía la sensación de que no la valoraban según sus méritos y a pesar del techo de cristal contra el que se había golpeado tantas veces.

Lo cierto era que, en el fondo, le aterraba la soledad, el aislamiento, aunque una esperanzadora luz brillaba en el horizonte: aún no sabía qué derroteros tomaría su amistad con el hombre del club de senderismo, pero la idea era a la vez excitante e incómoda. Llevaba más o menos sola desde que enviudó y no había movido un dedo por alentar los acercamientos iniciales de aquel tipo. De hecho, había reaccionado con poco entusiasmo, centrada en los inconvenientes que plantea una relación y en los de su edad, algo que no era en absoluto propio de ella, todo lo contrario; normalmente hacía lo que podía para olvidar que ya iba camino de los setenta. Joven de espíritu. Pero esta vez el número —¡sesenta y cuatro!— entorpecía. No dejaba de preguntarse si empezar una relación a sus años era una buena idea, aunque pronto se dio cuenta de que esa era solo otra excusa sin fundamento para evitar correr el riesgo. Sencillamente, sentía miedo.

Pasara lo que pasase, Hulda tenía la intención de tomarse todo eso con calma. No había motivo para precipitarse. El tipo le caía bien, y no le costaba imaginarse pasando la vejez con él. No estaba enamorada —a lo mejor había olvidado cómo era ese sentimiento—, si bien tampoco anhelaba nada por el estilo. Además, compartían la afición por la vida al aire libre, algo que no se encontraba así como así, y disfrutaba de su compañía. Aun así, sabía perfectamente que había otra razón por la que había aceptado verse con él más veces después de aquella primera cita. Para ser sincera, la jubilación había tenido mucho que ver con eso: no quería envejecer sola.

IV

El correo electrónico tenía algo que a Hulda le daba mala espina, aunque el mensaje era sencillo: su jefe quería verla esa misma mañana para hablar las cosas. El correo lo había enviado la noche anterior, tarde ya, y eso sí era poco habitual. Además, no era propio de él eso de «hablar las cosas» *con ella*. Hulda se había acostumbrado a verlo acudir a reuniones informales a primera hora de la mañana, pero a ella nunca la habían invitado a ninguna. Se trataba de charlas entre colegas más que de reuniones de trabajo y, por lo visto, ella no estaba calificada para formar parte del equipo. Después de tantos años en un puesto de responsabilidad, todavía hoy tenía la impresión de que no contaba con la confianza de sus superiores ni tampoco con la de sus subordinados. Los mandamases no habían podido ignorarla por completo a la hora de asignar las promociones, pero acabó topándose con un muro de ladrillo. Los puestos que ella solicitaba terminaban en manos de compañeros más jóvenes, varones todos ellos, y al final decidió aceptar lo que había y dejó de aspirar a nuevos ascensos: se limitó a intentar cumplir con su trabajo de inspectora jefa lo mejor posible.

Por eso aquella mañana se adentró por el pasillo hasta el despacho de Magnús con cierta reticencia. Llamó a la puerta y él contestó al instante, campechano como siempre, aunque Hulda sospechaba que esa afabilidad desaparecía en cuanto rascabas la superficie.

—Siéntate, Hulda —dijo, y ella tuvo la sensación de que, ya fuera consciente o no, le hablaba con cierta condescendencia.

—Estoy muy liada —respondió la inspectora—. ¿Es por algo urgente?

—Siéntate —repitió él—. Teníamos pendiente una pequeña charla sobre tu situación.

A sus cuarenta y tantos años, Magnús había logrado un ascenso meteórico en la policía. Era un hombre alto y se mantenía en forma, aunque tenía un cabello inusualmente ralo para su edad.

Hulda se sentó mientras la sensación de malestar iba en aumento. «¿Mi situación?»

—Ya no te queda mucho tiempo por delante —comenzó Magnús con una sonrisa. Como Hulda no dijo nada, él se aclaró la garganta y probó de nuevo, con cierto embarazo—: Quiero decir que este es tu último año con nosotros, ¿verdad?

—Sí, eso es —titubeó ella—. Me jubilo a finales de año.

—Exacto. La cosa es que... —volvió a quedarse callado, como si quisiera elegir las palabras con esmero—, la cosa es que el mes que viene se unirá a nosotros un joven muy prometedor.

Hulda no adivinaba por dónde iban los tiros.

—Va a sustituirte —siguió Magnús—. Tenemos mucha suerte de que se incorpore al cuerpo. Podría haberse unido al sector privado.

Fue como si le hubiesen dado un bofetón en plena cara.

—¿Cómo? ¿Qué..., qué quieres decir con que va a sustituirme?

—Te sustituirá en tu puesto y en tu despacho.

Hulda se quedó sin palabras. Todo le daba vueltas en la cabeza.

—¿Cuándo?

—En dos semanas.

—Pero... ¿y qué pasa conmigo? —Aquello la había descolocado por completo.

—Puedes dejarlo ya, ahora mismo. Tampoco te queda tanto en realidad, solo es cuestión de adelantar unos meses la fecha de salida.

—¿Que lo deje? ¿De inmediato?

—Sí. Con la paga intacta, por supuesto. Esto no es un despido, Hulda. Solo unos cuantos meses de vacaciones pagadas, y de ahí directamente a la jubilación. Sin merma. No me mires con esa cara de sorpresa. Es un buen acuerdo; no estoy intentando timarte.

—¿Un buen acuerdo?

—Desde luego. Eso te dará más tiempo para todas tus aficiones, ya sabes. Ir más a menudo... —Era obvio que no tenía ni puñetera idea de qué hacía ella en sus ratos libres—. Pasar más tiempo con... —Volvió a interrumpir una frase a la mitad; debería saber que Hulda vivía sola.

—Es una oferta muy amable, pero no tengo interés en prejubilarme —dijo ella, intentando mantener la compostura—. Muchas gracias de todos modos.

—En realidad no es un oferta: ya está decidido. —La voz de Magnús había adquirido más firmeza.

—¿Cómo que «decidido»? ¿Y yo no tengo nada que decir al respecto?

—Me temo que no, Hulda. Necesitamos el despacho.

«Y rodearte de un equipo más joven», pensó ella.

—¿Es así como se me agradecen los servicios prestados? —Notó que la voz le temblaba ligeramente.

—No te lo tomes a mal. No se trata de ningún reproche a tus habilidades. Vamos, Hulda: ya sabes que eres una de nuestras mejores oficiales, los dos lo sabemos.

—¿Y qué pasará con mis casos?

—Ya he repartido la mayor parte entre otros

compañeros. Por supuesto, antes de marcharte te sentarás con el nuevo para ponerlo al corriente. Ahora mismo el caso más gordo que tenemos entre manos es ese atropello con fuga, el del pederasta. ¿Cómo vas con eso, algún avance?

Ella reflexionó un instante. Habría sido bueno acabar con una pequeña victoria; bueno para su ego: un caso resuelto, una confesión en la saca. Una mujer que, en un acceso de locura transitoria, se había tomado la justicia por su mano para evitar que otros niños cayeran víctimas de ese pedófilo. Tal vez hubiese cierta justicia en el ataque; una salida para una ira razonable, una venganza justificable... ¿o qué?

—Me temo que aún estamos lejos de resolver el caso —respondió Hulda al fin—. Si quieres saber lo que pienso, creo que solo fue un accidente y que sería preferible archivarlo y confiar en que el conductor se entregue.

—Ajá, bueno, vale. Muy bien. Cuando llegue el momento a finales de año y la jubilación sea oficial te organizaremos un pequeño convite de despedida, pero puedes vaciar tu mesa hoy si quieres.

—¿Tengo que marcharme... hoy?

—Sí, si tú quieres. O puedes quedarte por aquí las próximas dos semanas si lo prefieres.

—Sí, gracias. —Se arrepintió en el acto por ese «gracias»—. Me iré cuando entre el nuevo, pero hasta entonces seguiré con mis casos.

—Como he dicho, todos tus casos han sido reasignados. Pero, bueno, supongo que puedes echar un vistazo a algunos casos antiguos. El que más te apetezca, ¿cómo lo ves?

Se le pasó por la cabeza levantarse de un salto e irse derecha a casa, y no volver a poner un pie ahí dentro nunca más. Pero no le iba a dar ese gusto.

—Sí, eso haré. ¿Cualquier caso?

—¿Eh? Sí, eso es, cualquier caso. Hay la tira de casos no resueltos con los que entretenerse.

A Hulda le dio la impresión de que Magnús la quería fuera de su despacho; de que estaba deseando centrarse en asuntos más importantes.

—Muy bien. Intentaré entretenerme con algo —dijo con sarcasmo.

Acto seguido se levantó de la silla y salió del despacho sin decir adiós. Y sin volver a dar las gracias.

V

Hulda se arrastró hasta su despacho en estado de shock. Se sentía como si la hubiesen despedido, como si su trabajo durante todos esos años no hubiese valido de nada, como si la hubiesen jubilado con deshonor, y eso era algo que nunca había experimentado antes. Por supuesto, sabía que estaba exagerando, que no debía tomárselo así, pero le costaba sacudirse esa sensación de encima.

Se sentó ante su escritorio, con los ojos clavados en la pantalla del ordenador, mas sin energías para encenderlo. Ese despacho, que hasta entonces había sido su segundo hogar, se había convertido de golpe en un lugar ajeno donde, tal como estaban las cosas, cada vez tenía menos ganas de estar.

Debía encontrar algo que hacer, algo con que distraerse, tomarle la palabra a Magnús y meterse a escarbar en casos antiguos. Hulda ni siquiera tuvo que pensárselo dos veces: solo había un caso posible. Ella misma no había tenido nada que ver con la investigación, solo la había seguido a una distancia prudencial, cosa que probablemente venía bien en las circunstancias actuales: podía abordar el asunto con la mente despejada.

Se trataba de una muerte que aún no se había aclarado, y cabía suponer que así iba a seguir por los siglos de los siglos salvo que alguna nueva pista asomara a la superficie. A lo mejor todo eso era una suerte en medio de la desgracia, una oportunidad oculta. La fallecida no tuvo quien la defendiera, pero ahora Hulda podría encargarse de ese cometido, aunque fuera solo por un breve espacio de tiempo. Se podían lograr bastantes cosas en dos semanas. Tampoco se hacía muchas ilusiones de resolver el caso, pero iba a intentarlo, y desde luego estaba decidida a acudir al trabajo todos los días sin excepción hasta que ese «joven» apareciese. Se le pasó por la cabeza presentar una queja formal ante sus superiores por ese comportamiento, exigir que se le permitiese trabajar hasta final de año, pero ya habría tiempo para pensar en eso. Ahora encarrilaría sus energías por cauces más positivos.

Lo primero que hizo fue buscar los informes del caso para refrescarse la memoria. Hallaron muerta a la joven una oscura mañana de invierno en una cala de Vatnsleysuströnd, en la costa norte de la península de Reykjanes, unos treinta kilómetros al suroeste de Reikiavik. Desde entonces había pasado más de un año y el caso había caído en el olvido. A decir verdad, en su momento tampoco despertó el interés de la prensa. Se informó del hallazgo como se suele hacer con este tipo de sucesos, desde luego, pero apenas tuvo un seguimiento posterior por parte de los medios, más ocupados en otros acontecimientos.

A Hulda le importaba muy poco el desinterés de la prensa; lo peor era que tenía la sospecha de que un colega suyo del Departamento de Investigaciones Criminales llamado Alexander había sido negligente en la investigación. Nunca había tenido mucha fe en él; no era ni meticuloso ni especialmente perspicaz, pero en opinión de Hulda lograba mantener su puesto en el departamento gracias a una mezcla de tenacidad y buenos contactos. Ella debería estar por encima de él en el escalafón —se sabía más lista, concienzuda y experimentada—, y sin embargo se había quedado estancada. Era justo en circunstancias como esta cuando la amargura asomaba: habría dado lo que fuera por tener la autoridad para quitarle un caso a un detective que claramente no estaba a la altura del trabajo asignado.

Ya en las reuniones del equipo de investigación se notaba a la legua que Alexander no tenía el menor interés por el caso, todos sus esfuerzos iban encaminados a reforzar la hipótesis de un accidente como causa de la muerte. El informe policial que había redactado era una chapuza. En él se resumían los resultados principales de la autopsia: una síntesis bastante escueta y la conclusión de que no se podía asegurar que se tratase de un homicidio, salvedad habitual en aquellos cadáveres que habían pasado un tiempo en el agua. La investigación, por supuesto, no arrojó ningún resultado ni sacó a la luz la menor pista; el caso se archivó para dar prioridad a otras tareas «más urgentes». Hulda no pudo evitar preguntarse hasta qué punto la investigación habría contado con mejores medios si la chica hubiese sido islandesa. ¿Habrían asignado entonces el caso a un detective más capaz? ¿Y la exigencia de resultados habría sido más firme?

La muerta tenía veintisiete años. La misma edad que Hulda cuando dio a luz a su hija. Solo veintisiete. Una chica joven, en la flor de la vida: demasiado joven para convertirse en el objeto de una investigación policial; un caso sin resolver y en el que nadie parecía interesado en invertir más tiempo.

Según el informe forense, se ahogó en agua salada. Las lesiones en la cabeza podían indicar que antes de eso había sufrido violencia, pero posiblemente solo había tropezado, se había dado un buen golpe, que le había hecho perder el conocimiento, y a raíz de eso había caído al mar y se había ahogado.

Se llamaba Elena; era una refugiada rusa, tan solo llevaba cuatro meses en Islandia. A lo mejor esa era precisamente una de las razones por las que a Hulda le costaba dejarlo correr; sabía que todos los demás habían olvidado a Elena. Había llegado a un país extranjero para pedir ayuda y solo había encontrado una tumba de agua. Y a todo el mundo le daba igual. Hulda sabía que, si no aprovechaba esta última oportunidad para intentar llegar al fondo del asunto, nadie más lo rescataría. Elena caería para siempre en el olvido: sería solo la chica que llegó a Islandia y murió.

VI

Hulda iba al volante de su coche en dirección al sur. Salía de Reikiavik siguiendo el mismo trayecto que antaño había recorrido día tras día, hacia casa después del trabajo, en la época en que ella y su marido vivían en Álftanes, en su casita unifamiliar junto al mar. Hacía años que no lo pisaba, vendió la casa y tomó la decisión de no regresar; hasta entonces, lo había cumplido. Ya había dejado atrás el desvío a Álftanes y en ese instante enfilaba la península de Reykjanes hacia el pueblo de Njardvík, rumbo al albergue de refugiados en el que se había hospedado Elena, según los informes policiales.

Hulda podría haberse tomado el resto del día libre y haberse ido a casa. A pesar de la lluvia, el aire ya anunciaba la primavera. Era precisamente ahora, en mayo, cuando empezaba a notarse de verdad que los días se iban haciendo más largos; la promesa del sol de medianoche.

Las noches de verano, largas y luminosas, resultaban cautivadoras en su antiguo jardín trasero de la casa de Álftanes, donde había espacio para respirar, espacio para disfrutar. En su pequeño apartamento del bloque de viviendas en la gran ciudad, todas las estaciones del año se parecían, los días se fusionaban unos con otros y el tiempo pasaba demasiado deprisa.

Pero volver a casa ahora estaba descartado, no después de que Magnús le lanzara semejante órdago. Encerrada entre las cuatro paredes del apartamento, sin nada que la distrajese de la descorazonadora perspectiva de la jubilación anticipada, se vendría abajo. Hulda jamás se había preparado en condiciones para amortiguar el golpe del retiro. Una fecha, un año, una edad..., siempre había sido más una idea que un hecho, algo hipotético. Hasta hoy.

Mientras pensaba, iba conduciendo relativamente despacio, y agradecía haber llegado ya a la autovía de dos carriles; así podía mantenerse en el derecho y permitir que los conductores impacientes la adelantasen a toda velocidad. El coche era un viejo Škoda checoslovaco de los años ochenta, de un verde claro y bonito, un dos puertas. Hulda sabía de bastantes cosas, pero la mecánica no era lo suyo y, como es lógico, el vehículo requería bastante mantenimiento. Por fortuna, tenía un buen amigo que se desvivía por meterles mano a los coches viejos, y se ocupaba de que el Škoda estuviera en condiciones de circular. Hasta ahora.

Hacía tiempo que Hulda no se acercaba a la península de Reykjanes. Rara vez tenía motivos para visitar esa zona, a un tiro de piedra de la capital, y ni siquiera el aeropuerto internacional de Keflavík, allí ubicado, tenía atractivo para ella. No es que le desagradase viajar fuera de Islandia —ojalá tuviese ocasión de hacerlo—, pero sus finanzas no daban para mucho. Tenía que ganarse la vida con el sudor de su frente y el sueldo de policía no era como para acumular grandes ahorros. En los viejos tiempos todo había resultado más fácil. Su marido llevaba su propia empresa y derrochaba a manos llenas, así que el mazazo de su muerte fue aún más duro al quedar al descubierto que la situación financiera no era en absoluto boyante. Las deudas resultaron mayores que los bienes y ella se vio obligada a vender la casa y, prácticamente, a empezar de cero a la mediana edad. Hulda había dejado todas sus cuentas en manos de su marido, sin ahorrar nada para sí, con la idea de que las finanzas familiares iban razonablemente bien. El cambio resultó bastante brusco y no fue fácil recoger velas. De entrada, compró un pequeño apartamento que también acabó vendiendo, y ahora vivía en otro ligeramente más grande en un bloque de viviendas; lo había adquirido poco antes del colapso bancario de 2008, todo con préstamos indexados, y ahora estaba atrapada en una deuda gigantesca y con unas cuotas mensuales escandalosas.

Los cielos sobre Reykjanes estaban despejados, aunque soplaba bastante viento. Hulda tardó un rato en dar con el albergue; se orientaba mal por esos lares.

No había avisado de su visita con antelación. La verdad es que ni se le había pasado por la cabeza, con tanta urgencia por salir de la comisaría y escapar de aquel ambiente agobiante que flotaba en el aire tras las noticias de la mañana. Se imaginó que todos estaban hablando mal de ella a sus espaldas por los pasillos, que todos sabían que le habían dado la patada, que estaba ya obsoleta y era innecesaria. Reemplazada por otro modelo más joven. ¡Maldita sea!

La joven que la recibió en el albergue no tendría más de veinticinco años. Hulda se presentó como inspectora de policía, pero sin dar más explicaciones sobre su visita. La chica ni se inmutó.

—¿Ah, sí? ¿Qué puedo hacer por usted? ¿Tiene que hablar con alguno de nuestros residentes?

Hasta donde Hulda había averiguado, ese albergue se utilizaba exclusivamente para alojar a solicitantes de asilo. No era un lugar precisamente acogedor y la desesperación flotaba en el ambiente, silencioso y tenso. Las paredes estaban pintadas de un blanco sucio, y nada en el albergue recordaba a un hogar, ni siquiera a un hotel; era un limbo donde te sentabas a esperar tu destino.

—No, solo quería charlar un momento con quien sea que esté a cargo.

—Esa soy yo. Me llamo Dóra.

Hulda tardó un instante en asimilar que esa joven era la gerente del albergue. Llevaba el pelo castaño corto y su actitud era seria, y aunque sonreía con amabilidad, tenía una mirada desconcertante e inquisitiva.

—Ah, estupendo —contestó algo cortada, avergonzándose de sus prejuicios. No se le había ocurrido que esa jovencita era la que llevaba ese sitio—. ¿Hay algún lugar donde podamos hablar en privado?

—Desde luego, no hay problema. Tengo el despacho aquí detrás.

Dóra echó a andar a paso ligero, sin añadir más. Hulda la siguió a cierta distancia. El despacho era pequeño e impersonal, con estores oscuros que tapaban las ventanas y una única bombilla en el techo que desparramaba una luz hiriente sobre tan austera decoración: ningún libro, ninguna revista, solo un portátil sobre la mesa.

Se sentaron y Dóra guardó silencio, a la espera de que Hulda revelara el propósito de su visita. Eso hizo, intentando escoger las palabras correctas.

—Quería preguntarte... El caso es que estoy investigando la muerte, hace algo más de un año, de una mujer que se hospedaba aquí, en el albergue.

—¿Una muerte?

—Sí, se llamaba Elena. Una refugiada, había solicitado asilo.

—Ah, sí. Claro. Pero... —Dóra parecía confusa—. Pero creía que el caso estaba cerrado. Me llamó aquel..., eh, aquel detective. He olvidado cómo se llamaba...

—Alexander —intercaló Hulda, y al pronunciar su nombre lo imaginó baboso, pesado de movimientos, con aquella mirada vacua que tanto le crispaba los nervios.

—Justo. Alexander. Me llamó para decirme que estaba cerrando el caso. Que la investigación no había llevado a ninguna conclusión y que en su opinión había sido un accidente. O quizá un suicidio. Elena llevaba siglos esperando respuesta a su solicitud.

—¿Tú dirías que llevaba esperando más tiempo de lo normal? Tengo entendido que había llegado hacía cuatro meses.

—No, no tanto; nada inusual, pero supongo que la espera no afecta a todos por igual. Puede resultar estresante.

—¿Y tú opinabas lo mismo que él?

—¿Yo?

—Sí, tú. ¿Crees que quiso ahogarse en el mar?

—No soy ninguna experta. La verdad es que no sé qué debo pensar. Tampoco era yo la que investigaba el caso. A lo mejor, ese como se llame...

—Alexander.

—Sí, justo, Alexander. A lo mejor, él disponía

de alguna información que yo no tenía. —Dóra se encogió de hombros.

«Lo dudo mucho», pensó Hulda, pero resistió la tentación de decirlo en voz alta.

—De todos modos, te lo habrás preguntado, ya que la conocías.

—Sí y no. Aquí hay mucho trajín. La gente viene y va: ella se fue por ese camino. No puedo andar perdiendo tiempo en dar vueltas a ese tipo de cosas.

—¿Y no la conocías?

—En realidad, no. No más que a otros que se alojan aquí. Mire, esto es un negocio, ¿entiende? Me gano la vida con este establecimiento y debo concentrarme en el día a día. Para los residentes, por supuesto, muchas veces es cuestión de vida o muerte, pero yo solo intento gestionar esto lo mejor que puedo.

—¿Hay alguien aquí que pudiera haberla conocido mejor?

Dóra pareció pensárselo.

—No creo. Ya no. La gente viene y va, como digo.

—Por ser claros: ¿me estás diciendo que ninguno de tus residentes actuales se alojaba aquí mientras Elena estaba viva?

—Bueno, podría ser...

—¿Hay algún modo de saberlo?

—Supongo que sí.

Dóra se tomó un buen rato consultando el portátil. Al final alzó la vista.

—Dos chicos iraquíes; siguen aquí, puede verlos en un minuto. Y una mujer de Siria.

—¿Puedo hablar con ella también?

—Ahora mismo no está, anda por ahí fuera. Su abogado ha venido hace un rato y me parece que se la ha llevado a Reikiavik. Creo que hay algún avance en su caso, y menos mal, porque se pasa el día encerrada en su cuarto, esperando, apenas baja siquiera para las comidas. Pero no sé mucho más; los abogados no me cuentan nada. Solo he notado que algo pasaba. Ojalá sean buenas noticias, pero eso tampoco es seguro.

—Háblame de Elena. ¿Cómo se comportaba? ¿Cómo iba su expediente?

—Ni idea.

—¿Tenía a algún abogado trabajando para ella?

—Sí, seguramente, pero no me acuerdo de quién era, si es que alguna vez lo supe.

—¿No tienes ni idea de quién podría ser?

—Muchas veces son los mismos —contestó Dóra, y mencionó tres nombres que Hulda anotó.

—¿Sería posible que me enseñaras su habitación? —preguntó Hulda.

—¿Por qué han reabierto el caso? ¿No estaba cerrado?

—No del todo.

—¿Qué quiere decir? ¿No fue un suicidio?

—La investigación sigue en curso. ¿Me enseñas la habitación, por favor?

—Vale, vale —replicó Dóra con cara de mal

humor—. Tampoco está de más algo de educación. No tiene ninguna gracia verse involucrada en una investigación así.

—¿Tú estás involucrada?

—Bueno, ya sabe a qué me refiero. La habitación está en la planta de arriba, pero ahora la ocupa otro huésped. No podemos invadir su intimidad así, sin más.

—¿Puedes al menos averiguar si está?

Dóra salió a grandes zancadas del despacho al pasillo y se dirigió escaleras arriba, con Hulda pisándole los talones. Al final se detuvo delante de una de las habitaciones y llamó a la puerta. Un joven acudió a abrir. Dóra le explicó en inglés que la policía tenía interés en inspeccionar el cuarto. El hombre se quedó desconcertado y preguntó a su vez en un inglés macarrónico si lo iban a mandar de vuelta a casa. Repitió la pregunta varias veces antes de que Dóra lograse meter baza para asegurarle que no, que la visita de la policía no tenía nada que ver con él, en absoluto.

Al borde de las lágrimas por el alivio, el hombre asintió a regañadientes y les franqueó el paso, a pesar de que no tenía obligación, como bien sabía Hulda. Era poco probable que el pobre se hubiese atrevido a insistir en sus derechos ante la policía en un país extranjero, incluso con la ley de su lado. Se sintió algo avergonzada por ponerlo en esa tesitura, pero, bueno, el fin justificaba los medios. No tenía mucho tiempo.

—¿Ella hablaba inglés? —preguntó Hulda una vez dentro de la habitación.

Su inquilino actual se había quedado en el pasillo como un pasmarote, siguiendo los acontecimientos.

—¿Perdone? —Dóra volvió la vista.

—Elena. La chica rusa.

—Muy poquito. A lo mejor entendía alguna palabra suelta, pero desde luego no habría podido mantener una conversación en inglés. Solo hablaba ruso.

—¿Por eso no llegaste a conocerla bien?

Dóra negó con la cabeza, sonriente.

—No, no; yo aquí no me hago íntima de nadie, da igual en qué idioma hablen.

—No es un cuarto grande.

—No llevo un hotel de lujo.

—¿El cuarto era para ella sola?

—Sí, y no daba muchos problemas, si mal no recuerdo.

—¿Qué problemas?

—Me refiero a que no montaba líos, ¿entiende? No todos los residentes llevan bien la espera. Se puede hacer muy cuesta arriba.

En la habitación había una cama, un escritorio pequeño y una especie de armario. Y unas pocas pertenencias personales. Sobre la cama había un par de pantalones de chándal, y encima del escritorio, un sándwich a la plancha a medio comer.

—¿No hay televisión? —preguntó Hulda.

—Como he dicho: esto no es un hotel de lujo. Tenemos un televisor abajo, en la sala de estar.

—¿Cabe dentro de lo posible que ella dejase algunas pertenencias?

—Pues la verdad es que no me acuerdo. Suelo tirar esas cosas si la gente desaparece y no vuelve a asomar la cabeza por aquí.

—O si muere.

—Justo.

Había poco provecho que sacar de la habitación, al menos a primera vista. Hulda echó una ojeada más alrededor, aunque solo fuera para intentar ponerse en el lugar de la chica muerta; hacerse una idea de qué clase de vida llevó los últimos meses de su existencia, en un país extraño, en un frío albergue donde nadie hablaba su idioma, atrapada entre las cuatro paredes de ese pequeño cuarto. A veces Hulda también se sentía así en su apartamento, como una prisionera, sola, sin familia ni nadie que se preocupase por ella y eso, que nadie se preocupase por ella, era la peor parte.

La inspectora cerró los ojos una fracción de segundo y trató de respirar el ambiente, pero solo llegó a ella el olor a sopa que procedía de la cocina de abajo y que parecía colarse en cada rincón del establecimiento.

VII

Antes de salir, Hulda se entrevistó con los dos iraquíes. El que llevaba la voz cantante hablaba un inglés bastante bueno. Llevaban algo más de un año en Islandia y era obvio que estaban encantados de poder hablar con una representante de la policía, a la que de algún modo parecían considerar una representante general del Estado. Antes de poder ir al grano, la inspectora se vio obligada a escuchar un sinfín de quejas y reproches por la tramitación de sus casos y el trato recibido. Cuando por fin pudo intervenir, resultó que sí se acordaban de Elena, aunque sobre todo la recordaban por su inesperada muerte. Nunca llegaron a hablar con ella porque ellos no sabían ni una palabra de ruso, así que fueron de poca ayuda.

Tras volver a la recepción, Hulda le dio las gracias a Dóra y le pidió que se pusiera en contacto con ella en cuanto la mujer siria apareciese, con la débil esperanza de que tuviera algo que contar.

—Eso haré —dijo Dóra, pero la inspectora no confiaba demasiado en que fuera a dar prioridad a su encargo.

Tres cuartos de hora más tarde, Hulda estaba de vuelta en Reikiavik, dispuesta a averiguar qué abogado se había ocupado del caso de Elena. Tan solo le costó un par de llamadas resolver el misterio: el abogado en cuestión era un tipo de mediana edad que había trabajado para la policía durante unos años, antes de montar su propio bufete. Se acordaba de Hulda y aceptó de buen grado reunirse con ella.

—No creo que pueda contarte gran cosa —dijo con amabilidad—, pero eres bienvenida. ¿Sabes dónde estamos?

—Lo encontraré, descuida. ¿Puedo ir ahora mismo?

—Faltaría más —contestó él.

El bufete se hallaba en el centro de la ciudad, un sitio modesto, sin nadie en la recepción. Albert Albertsson salió en persona a recibirla.

—Somos pequeños pero matones —dijo como si le hubiese leído la mente—. No gastamos dinero en cuestiones accesorias. Aquí todo el mundo hace de todo. Un placer volver a verte, Hulda.

Albert tenía una presencia agradable, con una voz cálida que a ella le recordaba a la de un simpático periodista radiofónico que charla con los oyentes a altas horas de la madrugada con música relajante de fondo. No es que fuese guapo, en absoluto, pero algo en él transmitía confianza.

Albert la invitó a entrar en su despacho, que no podía ser más distinto al espacio desangelado y diminuto que Dóra ocupaba en el albergue. A este cuarto no le faltaba ni alma ni encanto, con cuadros en las paredes, fotos enmarcadas en un estante al lado del escritorio y abultadas pilas de papeles por doquier.

—¿Te han asignado ese caso? —preguntó una vez se hubieron sentado.

Hulda titubeó un instante:

—Sí, por ahora.

—¿Alguna novedad?

—Nada que pueda comentar ahora mismo —contestó ella—. ¿Alexander habló contigo en su día, durante la investigación inicial?

—Sí, sí, me reuní con él, pero no le fui de mucha ayuda, me temo.

—¿Llevabas la solicitud de asilo de Elena desde el principio?

—Sí, me dedico bastante a asuntos de derechos humanos. En paralelo a otras cosas, lógicamente.

—¿Cuáles fueron sus circunstancias?

—Solicitaba asilo en Islandia aduciendo que sufría persecución en Rusia.

—¿Y la cosa no iba bien para ella? —inquirió Hulda.

—¿Qué? No, al contrario: habíamos hecho grandes progresos.

—¿A qué te refieres?

—Estaba previsto que aceptaran su solicitud —dijo Albert.

La respuesta cogió a Hulda por sorpresa.

—Espera un segundo: ¿dices que iban a aceptar su solicitud?

—Sí, eso estaba previsto.

—¡Vaya! ¿Y ella lo sabía?

—Sí, claro. Lo supo más de una semana antes de morir.

—¿Informaste de esto a Alexander?

—Por supuesto, aunque no veo que eso sea relevante.

Alexander había «olvidado» mencionarlo en su informe.

—Bueno, algo así reduce la probabilidad de que Elena se quitase la vida.

—No necesariamente —replicó él—. El proceso en sí pasa factura, los solicitantes acumulan toneladas de estrés.

—¿Qué impresión te dio así en general? ¿Era de carácter alegre, o más bien depresivo?

—Cuesta decirlo. —Albert se inclinó sobre el escritorio—. Cuesta decirlo —repitió—. No hablaba casi nada de inglés, y yo tampoco hablo ruso.

—¿Utilizabais los servicios de un intérprete?

—Sí, cuando era necesario. Todo el proceso implica un montón de papeleo.

—Quizá debería reunirme con el intérprete, ¿no? —dijo Hulda más para sí que para Albert.

—Sí, si quieres. Se llama Bjartur. Vive al oeste de la ciudad, en Seltjarnarnes, y trabaja desde casa. Todo eso figura en el archivo; si quieres, puedes llevártelo prestado.

—Eso estaría muy bien, gracias.

—Estaba metida en la música de alguna forma —añadió Albert acto seguido, sin venir a cuento.

—¿La música?

—Sí, le gustaba la música, tengo entendido. Mi socio guarda una guitarra aquí, en el bufete, y una vez Elena la cogió y tocó un par de canciones. —Tras un breve silencio, añadió—: Una pena lo que pasó. Pobre muchacha. Pero siempre es triste que alguien decida quitarse la vida...

—¿Quitarse la vida?

—Sí. ¿No concluyó eso la investigación de Alexander?

—Sí, ya. La investigación de Alexander.

VIII

—Creía que ese caso estaba cerrado. —El intérprete, Bjartur, se acomodó en una antigua silla de oficina que parecía tan destartalada y vieja que bien podrían habérsela regalado hace un cuarto de siglo—. Pero si no es así, encantado de poder echar una mano.

—Gracias. ¿Alexander habló contigo en su día? ¿Pudiste ayudarlo en algo?

—¿Alexander?

Bjartur la miró desconcertado, con el ceño fruncido bajo su hermosa melena rubia. El nombre le iba como anillo al dedo: *Bjartur* significa «brillante», «claro». Se encontraban sentados en un garaje en Seltjarnarnes, adosado a una casa unifamiliar vieja y relativamente pequeña, y reconvertido en su lugar de trabajo. Hulda había llamado primero al timbre de la puerta principal. Una señora mayor había acudido a abrir y le había indicado el camino al garaje «donde mi Bjartur tiene su oficina». No había ninguna silla para las visitas, así que la inspectora se colocó como pudo en el borde de un viejo diván cubierto de libros, muchos de los cuales estaban en ruso, adivinó Hulda, a juzgar por las letras de los lomos. Reinaba en el despachito un caos generalizado, y eso que Hulda había anunciado su visita de antemano: pilas de periódicos, un par de botas de montaña, cajas de pizza en el suelo, ropa amontonada en un rincón.

—Alexander es compañero mío en el Departamento de Investigaciones Criminales —explicó la inspectora, con mal sabor de boca—. Él fue quien estuvo al frente de la investigación.

—¿Ah, sí? Ya veo. Nunca me reuní con él. Nadie ha hablado conmigo de ese asunto hasta la fecha.

Hulda sintió que la ira, la amargura, bullía en su interior. Una vez más pensó que si ella hubiese estado por encima de Alexander en el escalafón, como debería, lo habría despedido hace mucho tiempo.

—¿Qué ocurre? —Bjartur la sacó de sus pensamientos—. ¿Ha surgido algo nuevo?

Hulda recurrió a una respuesta similar a la que había utilizado con el abogado:

—Nada que pueda comentar por el momento. —La verdad era que no tenía nada concreto, pero no hacía falta admitirlo. Además, conforme avanzaba el día, cada vez estaba más convencida de que había tomado la decisión correcta al reabrir el caso: fuera cual fuera la causa de la muerte de esa chica, estaba más claro que el agua que la investigación había sido un desastre—. ¿Elena y tú os veíais con frecuencia?

—Yo no diría tanto. Acepto este tipo de encargos cuando llegan, porque no suponen demasiado trabajo y pagan bien. Cuesta ganarse la vida solo con las traducciones.

—Pero ¿tú lo consigues?

—A duras penas. Trabajo bastante como intérprete para los rusos, en ocasiones para gente en la misma situación que... emm...

—Elena —dijo Hulda.

Incluso a Bjartur le costaba recordar su nombre. Resultaba asombroso lo rápido que se había desvanecido en el olvido el paso de la joven por Islandia: daba la impresión de que a nadie le importaba lo más mínimo.

—Exacto, Elena. Sí, de vez en cuando hago de intérprete para gente como ella, pero más que nada trabajo como guía para turistas rusos. Los llevo de excursión y les enseño el país, ¿sabe? A muchos les sobra el dinero, así que se puede ganar un buen sueldo con ello. Aparte intento traducir algunos relatos, novelas, e incluso escribir por mi cuenta...

—¿Qué impresión te dio ella? ¿Te pareció que tenía tendencias suicidas? —lo interrumpió Hulda.

—Al grano, claro... —Saltaba a la vista que Bjartur se había quedado con las ganas de hablar de sus propias obras literarias—. Es difícil decir nada al respecto. No es que le fuese todo a pedir de boca, ya se imagina. Pero ¿aquello no fue un suicidio?

—Probablemente no —dijo Hulda, sin justificación alguna. Tenía la corazonada de que el intérprete guardaba alguna información, de que debía tener paciencia, darle la oportunidad de desembuchar. Sin presionarlo demasiado—. ¿Estudiaste en Rusia? —preguntó, y el repentino cambio de tema pareció descolocarlo un poco.

—¿Qué? Ah, sí, sí. Estudié en la Universidad de Moscú. Quedé cautivado por la ciudad y la lengua. ¿Ha estado allí alguna vez?

Hulda negó con la cabeza.

—Es una ciudad asombrosa; debería visitarla si tiene ocasión.

—Cierto —replicó la inspectora, a sabiendas de que nunca lo haría.

—Asombrosa, pero difícil —continuó Bjartur—. Difícil para los turistas. Todo es tan exótico: el idioma, el alfabeto cirílico.

—Pero tú dominas el idioma, ¿no?

—Sí, sí, hace mucho.

—Entonces ¿podías comunicarte bien con Elena?

—Sin el menor problema.

—¿De qué hablabais?

—En realidad, de poca cosa; más que nada hacía de intermediario entre ella y su abogado —contestó titubeante.

—Él me contó que era aficionada a la música —dijo Hulda en un intento de mantener la conversación viva.

—Ah, sí, eso es verdad. Ella también me lo contó. Compone..., componía canciones. Como es lógico, no tuvo la posibilidad de dedicarse a ello profesionalmente en Rusia, pero ese era su sueño: trabajar aquí como compositora. Nos cantó una vez en el bufete de abogados. Estuvo muy bien. Sí, bastante bien. Pero era un sueño muy poco realista, es imposible ganarse la vida como compositor en Islandia.

—No más que como traductor, ¿verdad?

Bjartur sonrió, obviando el comentario de Hulda. En su lugar dijo, tras un breve silencio:

—En realidad, sí que había un cosa que...

—¿Una cosa? —preguntó Hulda alentadora.

Dedujo por la cara que ponía Bjartur que dudaba de si debía continuar.

—Esto que le voy a decir es solo para usted, ¿entiende?

—¿El qué?

—No quiero verme involucrado en nada... No puedo...

—¿Qué pasó? —inquirió Hulda en su tono más amable.

—Fue solo algo que mencionó... Pero tiene que quedar *off the record*.

Hulda sonrió educadamente a Bjartur. Le entraron ganas de explicarle la diferencia entre policías y periodistas, pero se contuvo. En su lugar, se limitó a guardar silencio y esperar. Desde luego, no tenía intención de prometer nada de nada, pero no quiso espantarlo en ese momento. Y dio su fruto, porque Bjartur continuó:

—Creo que estaba metida en algo de prostitución.

—¿Cómo? ¿Por qué crees eso?

—Me lo dijo.

—Eso no salió en ningún informe. —Se estaba enfadando, aunque, más que a Bjartur, el enfado iba dirigido a su colega ausente, Alexander.

—No, me lo dijo la primera vez que nos vimos, aunque dejó claro que no quería que eso constara en ningún lado. Me dio la impresión de que tenía miedo.

—¿Miedo a qué?

—A quién, más bien.

—¿A un islandés?

—No estoy seguro —vaciló y pareció reflexionar—. Si le soy sincero, me dio la impresión de que la habían traído aquí con ese único propósito.

—¿Lo dices en serio? —Hulda se quedó atónita—. Entonces ¿la solicitud de asilo era solo una tapadera?

—Se podría decir que sí. Fue muy poco explícita, a decir verdad, pero sí me quedó claro que no quería que trascendiera una sola palabra al respecto.

—¿El abogado lo sabía?

—Creo que no, seguro que no. Desde luego yo no le dije nada, le guardé a esa chica el secreto. —Luego añadió, avergonzado—: Hasta ahora, claro.

—¿Por qué diablos no informaste de esto antes? —preguntó Hulda, más brusca de lo que pretendía.

Tras unos segundos de silencio, Bjartur contestó en un tono lastimero:

—Es que nadie me lo preguntó.

IX

Como de costumbre, la joven madre regresó a casa andando, aunque esa tarde estaba inusualmente cansada. Había sido una dura jornada en el hotel Borg, con un tiempo oscuro y algo lúgubre; casi le pareció que la lluvia y el viento la arrastraban con ellos. Sus tareas en el emblemático hotel, en el centro de la ciudad, estaban poco definidas: unas veces le tocaba limpiar habitaciones; otras, echaba una mano en el bar y el restaurante, a menudo hasta bien entrada la noche. Aceptaba cualquier turno que le ofrecieran siempre y cuando no interfiriera con las visitas a su hija.

Era 1 de diciembre, día de la Soberanía Islandesa, una fiesta que conmemoraba la asunción de la independencia parcial de Islandia respecto a Dinamarca en 1918, treinta años atrás. Varios estudiantes se habían reunido en el hotel para celebrarlo con cánticos y discursos, incluso el conocido poeta Tómas Gudmundsson había recitado algunas de sus composiciones.

La Navidad estaba a la vuelta de la esquina y quería hacerle un regalo a su pequeña, aunque no estaba segura de qué comprarle. Debía ser algo especial, eso era lo único que tenía claro, aparte de que necesitaría algo de dinero. Se moría de ganas de ir al cine a ver *Fruto dorado*, la nueva película de Clark Gable, pero seguramente tendría que esperar; pensaba ahorrar hasta el último centavo para su hija.

Esa noche, al ver a los jóvenes estudiantes en la fiesta del hotel, se había muerto de envidia. Habría dado lo que fuese por que su vida se pareciese a la de ellos. Sabía que tenía el potencial necesario para ser quien quisiera ser, pero al mismo tiempo era consciente de que, en su situación, resultaba imposible. Se suponía que Islandia era una sociedad sin clases, que todos eran iguales y no se distinguía entre clase alta, media o baja; se suponía que las oportunidades eran las mismas para todo el mundo, pero ella sabía que no era cierto. Nunca saldría de su situación actual: trabajar en empleos mal pagados y sin gozar de seguridad ni estabilidad económicas. Era madre soltera y de familia humilde; nunca tendría una oportunidad.

Pero estaba decidida a que las cosas fueran distintas para su hija.

X

Las novedades derivadas de la charla con Bjartur dieron a la investigación —si es que se le podía llamar así— una perspectiva totalmente nueva. Lo que tenía entre manos era dinamita pura: no ya solo el hecho de que Alexander hubiera mostrado desidia en sus pesquisas, sino que la muerte de la muchacha rusa había adquirido una nueva dimensión. La cuestión era hasta qué punto debería ella informar a su superior de este giro imprevisto. Magnús ni siquiera sabía qué caso había escogido y probablemente estaba frotándose las manos, convencido de que había sido capaz de ponerla de patitas en la calle de un modo aseado; en caso de que pensase en ella, daría por hecho que estaba en su escritorio enfrascada en viejos informes policiales, dejando que el tiempo pasase, que el reloj anduviese con su rítmico tictac hacia la jubilación.

En cambio, Hulda llevaba desde la reunión de

esa mañana sin pisar la comisaría, y ahora ya estaba en casa. A decir verdad, el día había transcurrido más rápido de lo esperado; con tanto ir de aquí para allá no había tenido margen para compadecerse de sí misma. Ya se le iría la tarde-noche en eso. De cualquier modo, tenía pensado irse a la cama temprano, intentar dormir bien y despejar la mente; por la mañana decidiría cuáles iban a ser sus próximos pasos: ver si tenía las agallas y la energía necesarias para meterse de cabeza en el caso de la muchacha rusa o si era mejor dejarlo estar y empezar a acostumbrarse a la vida de jubilada. Dejar de obstinarse, admitir ante sí misma que su carrera dentro de la policía había acabado. Dejar de perseguir fantasmas que, a lo mejor, nunca habían existido.

Fuera cual fuese la conclusión, sin embargo, aún había un cabo suelto. Se sentó en el viejo y cómodo sillón de su madre y reflexionó un momento, móvil en mano, antes de marcar el número de la mujer a la que había interrogado el día anterior; la pobre auxiliar de enfermería que había atropellado a un malnacido, a un pederasta, y que durante la charla temblaba todo el rato por miedo y remordimientos. Seguramente en ese instante estaba atravesando su infierno particular, convencida de que tendría que pasar los próximos años entre rejas, lejos de su hijo. Había confesado su delito. Pero Hulda no solo había dejado sin redactar un informe formal sobre la conversación entre las dos, sino que había mentido a su superior al asegurarle que aún no había obtenido ninguna información de interés. La pregunta que debía contestar ahora, antes de llamar a la pobre mujer, era casi una cuestión de conciencia: ¿pretendía mantener la mentira hasta sus últimas consecuencias y hacer lo que estuviera en su mano para salvar a madre e hijo de más injusticias, o debía plasmar la verdad en el informe, con lo que la mujer, con toda probabilidad, iría a la cárcel por aquel delito?

La mujer figuraba como titular de un móvil y una línea fija. Nadie contestó en el móvil y Hulda tuvo que aguardar un buen rato hasta que cogieron el de casa. Se presentó:

—Soy la inspectora Hulda Hermannsdóttir, del Departamento de Investigaciones Criminales. Hablamos ayer.

—Ah, sí, por supuesto —dijo ella con voz estrangulada antes de inspirar hondo.

—He estado revisando mejor el caso —mintió Hulda, procurando elegir las palabras con esmero—. Y creo que no tenemos ninguna prueba lo bastante concluyente.

—¿Qué..., qué quiere decir? —Las palabras llegaban a través de sollozos.

—Que no voy a proseguir con el caso, no en lo que a ti respecta.

Tras un breve silencio, la mujer al otro extremo de la línea habló de nuevo:

—Pero ¿qué..., qué pasa con lo que le conté?

—No tiene ningún sentido seguir por esa línea. Inculparte y arrastrarte a los tribunales.

Sobrevino otro silencio.

—Entonces usted no..., no..., ¿no va a arrestarme? Yo... no he recuperado el aliento desde que... hablamos. Creía que iba camino de la...

—No, no voy a detenerte. Además, yo me jubilo, de modo que, con un poco de suerte, el caso se cierra aquí y ahora.

«Yo me jubilo.» Esa era la primera vez que lo decía en voz alta. Le pareció que sonaba muy extraño. De pronto cayó en la cuenta de lo poco preparada que estaba para este momento crucial que, de todos modos, quedaba ya tan cerca.

—¿Y qué pasa con los demás... de la policía?

—No voy a mencionar tu confesión en mi informe. No te preocupes. Como es natural, no puedo saber cómo continuará el caso, pero en lo que a mí respecta, cuando tú y yo hablamos, no confesaste nada. ¿Estamos de acuerdo?

—¿Eh? Sí, sí, claro. Gracias...

Súbitamente, Hulda sintió la necesidad de añadir:

—Pero no me malinterpretes: esto no te absuelve de la culpa. Tal vez yo pueda entender por qué hiciste lo que hiciste, pero tendrás que vivir con ello. Aun así, encerrarte y privar a un hijo de su madre solo empeoraría las cosas.

—Gracias —repitió la mujer, y su llanto se escuchaba aún con más nitidez a través del teléfono—. Gracias —dijo una vez más antes de que la inspectora se despidiera.

Cuando el estrés y la presión arreciaban, no era raro que Hulda se olvidara de comer, pero esa noche no permitió que sucediera. La cena consistió en lo mismo que la noche anterior: una tostada con queso. Tras la muerte de Jón, cada vez fue cocinando menos. Al principio intentó mantener la costumbre hasta cierto punto, pero a medida que pasaban los años y se acostumbraba a vivir sola, se alimentaba sobre todo a base de una comida caliente a mediodía en el trabajo y, por la noche, algún plato de comida rápida o sándwiches.

Estaba a mitad de la cena, con el informativo de la radio de fondo, cuando sonó el teléfono. Al ver quién era en el identificador de llamadas se le pasó por la cabeza no contestar, pero por la vieja costumbre y el sentido del deber lo hizo de todas formas.

—¿A qué coño juegas?

Alexander fue directo al grano sin molestarse siquiera en dar las buenas noches. Algo muy propio de él: no llevaba en la sangre la buena educación. Podía imaginárselo al otro extremo de la línea: su cara de irritación, la papada, los ojos a medio cerrar bajo los pesados párpados.

Intentó no dejarse avasallar.

—¿A qué te refieres? —respondió ella en el tono más normal del mundo.

—No me jodas, Hulda. Lo sabes perfectamente, a esa rusa que se ahogó en la cala.

—¿Ni siquiera te acuerdas de su nombre?

La pregunta debió de pillarle por sorpresa, porque se calló un momento, y él no solía cerrar la boca. Se recobró enseguida.

—¿Eso qué coño tiene que ver? Lo que quiero es que...

—Se llamaba Elena —interrumpió Hulda.

—¡Me importa una mierda cómo se llamara! —Alexander elevó la voz. Sin duda tenía la cara roja de indignación—. ¿Por qué estás metiendo las narices en ese caso, Hulda? ¿No te has jubilado?

Las noticias vuelan.

—No, no me he jubilado —replicó ella sin dar más explicaciones.

—¿Ah, no? Tenía entendido... —vaciló—. Da igual, ¿por qué estás trabajando en un caso mío?

—Porque me lo ha dicho Magnús —contestó Hulda. Estrictamente no era cierto, pero casi.

—Estás tratando de desautorizarme, ni más ni menos. Yo ya había cerrado ese caso.

—No de un modo muy brillante —replicó Hulda, intentando sonar ponderada.

—No hubo nada sospechoso en todo aquello. Iban a deportar a la mujer de vuelta a casa y ella se lanzó al mar. Fin de la historia —prácticamente gritó Alexander al teléfono.

—Todo lo contrario: iban a aprobar su petición de asilo, y ella estaba al tanto.

Se hizo el silencio en la línea. Luego escuchó a Alexander balbucear y mascullar:

—¿Cómo? ¿A qué te refieres?

—Este caso no está cerrado, es tan sencillo como eso. Y me has interrumpido en mitad de la cena, así que si no hay nada más...

—¿En mitad de la cena? Sí, vale. Imagino que estarás sentada más sola que la una, zampándote un sándwich delante de la tele. ¡Esto no va a quedar así! —rugió con aspereza, y colgó.

El golpe bajo la impactó de lleno. Siempre estaba sola, una mujer viuda entre un grupo de hombres, en su mayoría casados —en segundas nupcias más de uno— y todos ellos con familias numerosas. No había sido la primera vez que le tocaba escuchar algo semejante, un chiste de mal gusto o, incluso, amagos de acoso. A veces podía mostrarse algo borde en el trato con la gente, ella misma lo sabía, pero había tenido que forjarse una coraza por mera supervivencia y, por lo visto, a cambio debía aceptar que los demás tuviesen barra libre contra ella.

Por supuesto, tendría que haber ignorado ese comentario mezquino sobre el sándwich y la tele, pero en su lugar, solo por demostrar que Alexander se equivocaba, decidió llamar a Pétur, del club de senderismo. Siempre pensaba en él más como un amigo que como un novio, porque, aunque algunos quizá usarían esa palabra, en su opinión lo que había entre ellos era demasiado platónico como para considerarlo de otro modo. Cuando se veían, a veces ella deseaba tener veinte o treinta años menos; entonces no le habría resultado tan difícil dar el siguiente paso, de esos besos cálidos y educados en la mejilla a algo más íntimo. Y luego estaban esos momentos, cuando hablaban por teléfono y ella se volvía tímida como una niña; esos momentos, pensaba Hulda, eran una señal de que su relación iba por el buen camino, de que, después de todo, quizá sí quería algo más que ser su amiga.

Como de costumbre, Pétur, con la energía y el vigor que lo caracterizaban, no tardó en responder.

—Me preguntaba... —titubeó ella—, me estaba preguntando si te apetecería acercarte a tomar un café esta noche.

Tan pronto como lo dijo pensó que aquella frase podía malinterpretarse: invitar a un hombre a su casa, a esas horas, a tomar un café así sin más... Estuvo a punto de añadir que en absoluto lo estaba invitando a pasar la noche, pero se mordió la lengua, con la esperanza de que él no sacara conclusiones equivocadas.

—Me encantaría —respondió Pétur enseguida, sin asomo de vacilación.

Era un hombre muy resuelto, rápido a la hora de tomar decisiones, y jamás parecía liarse con bagatelas ni hacía una montaña de un grano de arena; esas eran cualidades que Hulda apreciaba en un hombre. No obstante, aquel era un hito importante en su relación: nunca antes lo había invitado a visitarla. ¿Se avergonzaba del apartamento? Si lo comparaba con la casa unifamiliar en Álftanes, con sus grandes ventanas, su gran jardín, era posible que sí lo hiciese. Pero más que nada le estaba costando bajar sus barreras defensivas y permitir que él atravesara su coraza; todavía no estaba lista. No hasta ahora. Ahora necesitaba compañía, y dio el salto.

—¿Voy ahora mismo? —añadió él.

—Sí, sí, por favor. Estaría bien. Si es que puedes. —Se mostraba incómodamente insegura en su trato con él; eso no era propio de ella, acostumbrada a tener cualquier situación bajo control.

—Por supuesto. ¿Dónde vives?

Le dio las señas para luego añadir:

—Es el cuarto piso; mi nombre está en el timbre.

—Estaré ahí enseguida —contestó, y colgó sin despedirse.

—Ya era hora de que me invitaras a tu casa —fue lo primero que Pétur dijo, en el umbral de la puerta.

Le sacaba algunos años a Hulda —él rondaba los setenta—, pero llevaba bien la edad y no aparentaba más años de los que tenía; tampoco menos. La barba repleta de canas le daba un aspecto algo grave, le parecía a ella, y no pudo evitar preguntarse qué aspecto hubiera tenido Jón con setenta años.

Antes de que ella se diera cuenta, Pétur se había metido hasta el salón y se había sentado en su sitio favorito. A ella no le hizo ninguna gracia: el viejo sillón de su madre era su asiento, pero, por supuesto, no dijo nada. En su lugar, le ofreció café.

—Sí, por favor. Sin leche.

Pétur era médico. Se había jubilado relativamente pronto, más o menos al cumplir los sesenta, después de que su esposa enfermase —le había contado a Hulda sin entrar en detalles— y habían conseguido pasar algunos buenos años juntos antes de que ella muriese. A ella esa información le bastaba; no tenía ninguna necesidad de hacerle rememorar el luto, del mismo modo que esperaba no tener que reabrir viejas heridas propias; se había limitado a decirle que Jón había fallecido de muerte súbita a los cincuenta años. «Mucho antes de tiempo», había añadido, aunque eso resultaba obvio.

Pétur era de trato agradable y, sin embargo, decidido. Hulda imaginaba que había sido un buen médico. Al menos parecía haber llegado lejos en su carrera. Lo había visitado en su chalet en el barrio de Fossvogur, de altos techos y muy espacioso, con muebles de calidad decorando el salón, óleos en las paredes, obras selectas en las librerías e, incluso, un piano de cola en el centro. A decir verdad, se podía imaginar a sí misma en esa casa imponente, en el acogedor salón de este hogar de cultura. Podría librarse de su pisito, venderlo y liquidar las deudas, vivir una vejez confortable en un buen barrio. ¿Por qué no?

—Menudo día he tenido —dijo ella antes de salir hacia la cocina a por el café que ya tenía preparado.

Volvió al salón y le tendió la taza a Pétur. Este sonrió, sin decir nada, como si aguardara a que ella continuase con la historia; todo en su actitud denotaba paciencia y comprensión. Había sido cirujano, pero bien podría haber sido un excelente psiquiatra, pensó ella. Un hombre que sabía escuchar.

—Voy a dejar el trabajo —dijo Hulda, cuando el silencio se hizo insoportable.

—Sí, ese era el plan, ¿no? No es tan malo como suena. Más tiempo para las aficiones, para disfrutar de la vida.

Él, desde luego, sabía disfrutar de la vida, de eso estaba segura, y durante una fracción de segundo lo envidió. Médico y con una exitosa carrera a su espalda; seguramente no tendría que apretarse el cinturón en la vejez.

—Sí, ese era el plan —asintió ella a media voz—. Pero no tan pronto. —Lo mejor era mostrarse sincera con él, no intentar adornar la verdad—. Para serte sincera, hoy mismo me han abierto la puerta. Tengo dos semanas para marcharme: han contratado a un tipo para que me sustituya.

—Vaya, ¡caramba! ¿Y lo has aceptado sin rechistar? No es muy de tu estilo.

—Pues... —contestó Hulda, maldiciendo para sus adentros por no haberse mostrado más firme cuando Magnús le dio la noticia—. Al menos he logrado que me dejen ocuparme de un último caso, como despedida.

—Eso te pega más. ¿Algo emocionante?

—Un asesinato..., creo.

—¡No me digas! ¿Dos semanas para resolver un caso de asesinato? ¿No te preocupa no lograrlo y que se te quede rondando en la cabeza los próximos años?

No había caído en eso, pero Pétur tenía algo de razón.

—Ya es tarde para echarse atrás —repuso ella sin convicción—. Además, no estoy cien por cien segura de que fuese un asesinato.

—¿De qué va el caso? —inquirió él, e igual que antes, logró preguntarlo como si tuviera mucho interés en la respuesta.

—Es una joven a la que hallaron muerta en una cala de Vatnsleysuströnd.

—¿Hace poco?

—Año y pico.

Pétur frunció el ceño.

—No lo recuerdo.

—No trascendió mucho. Era una refugiada, solicitante de asilo.

—¿Una refugiada? No, definitivamente no me suena.

«Ni a ti ni a casi nadie», pensó Hulda.

—¿Cómo murió? —preguntó él.

—Ahogada, pero el cadáver presentaba algunas lesiones. El detective que llevó el caso, que no es precisamente uno de nuestros mejores hombres, debo añadir, llegó a la conclusión de que había sido un suicidio. Yo no estoy tan segura.

Reveló con cierto orgullo la principal conclusión del día, satisfecha con el resultado, pero para su decepción, Pétur se mostró escéptico.

—¿Estás segura... estás segura de que no estás intentando inflar el caso, hacerlo más grande de lo que es en realidad? —preguntó al final, titubeante.

Su sinceridad dejó a Hulda perpleja, aunque en el fondo le gustó.

—No, no estoy segura —admitió—. Pero tengo ganas de continuar con él.

—Muy bien —dijo él con decisión.

Era ya tarde y el café había dado paso al vino tinto. Pétur se había quedado más tiempo del previsto, pero, lejos de quejarse, Hulda agradecía su compañía. La luz de fuera engañaba. En esa época del año había poca diferencia entre el día y la noche, sobre todo en una noche como esa, cuando las nubes de lluvia por fin habían cedido el escenario al sol.

Lo del vino no había sido idea suya. Después del café, Pétur le había preguntado si no tendría un coñac, y ella se había disculpado y había dejado caer que en su lugar tenía una o dos botellas viejas de vino tinto por algún lado. «Eso suena bien. Es bueno para el corazón», había dicho él, y ¿quién era ella para dudar de las palabras de un médico?

—Me parece de lo más curioso —dijo Pétur arrastrando las palabras— que no tengas ninguna foto de familia a la vista.

Hulda no esperaba ese comentario, aunque intentó disimular.

—Nunca he tenido la costumbre —replicó—. No sé por qué.

—Creo que te comprendo. Seguramente yo tengo puestas demasiadas fotos de mi mujer, que en paz descanse. A lo mejor por eso he tardado tanto tiempo en superar su pérdida. Uno se queda atascado en el pasado, en todos los sentidos. —Suspiró. Ya iban por la segunda botella—. ¿Y tus padres? ¿Hermanos? ¿Tampoco hay fotos de ellos?

—No tengo hermanos —contestó Hulda. No continuó de inmediato, pero Pétur esperó paciente mientras saboreaba el tinto—. Mi madre y yo nunca fuimos uña y carne —añadió como para justificar la ausencia de fotografías, aun cuando sabía que no tenía por qué disculparse.

—¿Cuánto hace que murió?

—Quince años. No era tan mayor, apenas llegó a los setenta —contestó Hulda mientras le pasaba por la cabeza lo espantosamente cerca que ella misma estaba de cumplirlos: solo cinco años y pico. Y el último lustro había pasado en un visto y no visto.

—Entonces debía de ser muy joven cuando te tuvo —dijo Pétur, veloz en calcular.

—Me tuvo a los veinte... Supongo que no era algo tan extraño en aquel entonces.

—¿Y tu padre?

—No llegué a conocerlo.

—¿Qué dices? ¿Murió antes de que tú nacieras?

—No. Es solo que nunca lo conocí. No era de aquí. —Dejó que su pensamiento volara al pasado—. De hecho, una vez volé al extranjero para intentar encontrarlo, pero esa es otra historia...

Sonrió cortésmente a Pétur. No le gustaban todas esas preguntas personales, no estaba acostumbrada a que se las hicieran. Quizá él esperaba que ella reaccionara preguntándole a él por asuntos similares, por la familia y el pasado. Para reforzar los lazos entre ambos. Pero eso no entraba en sus planes, al menos no de momento. Por ahora, sabía lo suficiente sobre él: sabía que había perdido a su mujer y que vivía solo (en una casa demasiado grande, con mucho), y sobre todo sabía que parecía un hombre bueno y cariñoso, honesto y de fiar. Eso le bastaba.

—Sí. —Pétur rompió al fin el silencio, a todas luces algo achispado—. Desde luego somos dos almas solitarias. Algunos toman la decisión pronto en la vida..., de quedarse solos, quiero decir. Pero creo que en nuestro caso fue cosa del destino. —Hizo una breve pausa—. O no: mi mujer y yo tomamos la decisión meditada de retrasar la paternidad y luego ya fue demasiado tarde para cambiar de idea. Lo hablábamos a menudo en los últimos años, si aquello había sido un error. —Tras unos instantes, añadió—: Ignoro cómo fue en vuestro caso, la falta de hijos, me refiero. Y no me voy a inmiscuir en ello, pero cosas así, decisiones así, te moldean. Importan, importan mucho. ¿No estás de acuerdo?

Hulda asintió con la cabeza, miró el reloj y acto seguido echó un vistazo a la botella de vino tinto, y Pétur pareció caer en la cuenta de que había llegado la hora de despedirse.

XI

Pasara lo que pasase, dos veces a la semana ella acudía puntualmente a ver a su hija, jamás se perdía una visita. Ni nevadas ni vientos huracanados la paraban, tampoco enfermedades, porque el cristal que las separaba también garantizaba que la pequeña no se contagiase llegado el caso. En dos ocasiones esas visitas le habían causado problemas en el trabajo; su jefe tenía poca paciencia, así que la segunda vez había dejado el empleo. Su hija tenía preferencia.

La pequeña parecía reponerse bastante bien, al menos físicamente. El día de su segundo cumpleaños se acercaba a toda velocidad y se la veía saludable y grande para su edad, aunque había cierta ausencia en su expresión que inquietaba a su madre.

Quizá en lo más hondo ya sabía que había transcurrido demasiado tiempo, que esas visitas no servían de nada, que el hilo invisible entre madre e hija se había roto en algún momento a lo largo de esos dos años de separación. Quizá todo fue muy rápido, quizá sucedió el mismo día en que, contra su voluntad, entregó a su hija para bien o para mal. Sus padres opinaban que eso era lo mejor. Se avergonzaban de ella por haber tenido una hija fuera del matrimonio y querían taparlo lo mejor posible. Le dieron dos opciones: dar a la cría en adopción —algo que a ella no le entraba en la cabeza— o enviarla allí «temporalmente».

Ella estaba viviendo con sus padres cuando nació la niña, y no tenía la menor posibilidad de largarse a vivir sola con ella. La elección resultaba fácil cuando el dilema se exponía de esa manera: darla en adopción para siempre no se le pasaba por la cabeza, así que se decidió por la otra opción.

Había acabado la enseñanza obligatoria, pero no había querido seguir estudiando, y ahora le parecía que era demasiado tarde para remediar eso. Sus padres nunca la habían animado a ampliar sus estudios; todas las esperanzas en ese campo estaban puestas en su hermano pequeño, que ahora ya estudiaba para llegar al bachillerato. Sin embargo, las cosas iban a cambiar: ya llevaba dos años trabajando, ahorrando dinero, y aunque seguía viviendo en casa de sus padres, veía más cerca el momento de independizarse, de mudarse a su propio piso. Y entonces se cumpliría ese deseo suyo, soñado desde hacía tanto tiempo, de recuperar a su hija.

La relación con sus padres cada vez era más tensa. Al principio, cuando supo que se había quedado embarazada sin buscarlo, se sintió demasiado entumecida para hacerles frente y les dejó tomar todas las decisiones. Ahora se preguntaba si algún día podría perdonarlos por haberla separado de su hija. Al mirar atrás, no entendía cómo había podido aceptar algo semejante.

Ojalá su pequeña fuera capaz de perdonarla.

XII

Tras despedir a Pétur con un casto beso en la mejilla, Hulda regresó al salón y se sentó en el viejo sillón. Estaba demasiado inquieta para irse a dormir, no podía soportar la idea de meterse en la cama y tener que quedarse en la oscuridad a solas con sus pensamientos. Le daban vueltas y más vueltas en la cabeza, una vorágine de ideas, cada cuál más inquietante que la anterior.

La muchacha rusa era la que acechaba su mente con más fuerza, a pesar de que había intentado apartarla mientras saboreaba el vino con Pétur. Por cierto, quedaban un par de dedos de tinto y sería una pena desaprovecharlo. Hulda estiró la mano para agarrar la botella y la vació en su copa. La muchacha rusa... Tendría que acostumbrarse a pensar en ella como Elena. El problema era que, cada vez que pensaba en ella, no podía evitar acordarse de las circunstancias que habían llevado a que su muerte acabase encima de su mesa. De hecho, la habían echado ese mismo día, le habían pedido que se fuera. La habían barrido de la mesa como si fuese basura.

En un intento de alejarlo de su mente, volvió a pensar en Pétur, aunque eso tampoco la serenaba: no quería darle demasiadas vueltas al futuro de su relación. Su visita había sido agradable, pero sabía que ahora debía coger las riendas y dar el próximo paso, o hacia delante o hacia atrás. La decisión más fácil era retroceder, claro, esperar a ver, pero le asustaba que el hecho de tomarse lo suyo con demasiada calma acabase por cerrar la puerta a lo que fuera que pudiese surgir entre ambos. ¿Cuántas oportunidades así le quedarían de ahora en adelante?

Atrapada en ese dilema, permaneció un buen rato en el salón, observando la copa y saboreando el vino de vez en cuando, mientras pensaba en lo que no quería pensar y en aquello que jamás podría apartar de su cabeza: en Jón y la hija de ambos.

Al final, notó como se le iban cerrando los ojos y se sintió lo bastante cansada para tumbarse en la cama con la certeza de que lograría conciliar el sueño sin demasiado esfuerzo, sin la innecesaria tortura de sus demonios interiores.

Esta vez, contra su costumbre, no puso el despertador que estaba en la mesilla; el mismo que durante años la había despertado a las seis de la mañana todos los días hábiles, casi sin excepción. Esta vez el reloj podía descansar, y Hulda también. Asimismo, sin darle demasiadas vueltas, optó por silenciar el móvil, algo que nunca hacía; el trabajo lo era casi todo para ella, y quería estar disponible día y noche. No siempre se podía llevar una investigación policial complicada en el horario normal de oficina; de hecho, era algo que casi nunca ocurría.

Cerró los ojos y se permitió deslizarse poco a poco hacia el reino de los sueños, donde quizá la esperaba la muchacha rusa, Elena...

SEGUNDO DÍA

I

Hulda casi no podía creer que fuesen ya las once de la mañana. Hacía siglos que no dormía hasta tan tarde.

Volvió a mirar el despertador solo por cerciorarse, pero no cabía duda. El cansancio acumulado empezaba a dejar huella. Se quedó tumbada un rato y, por una vez, se permitió disfrutar del hecho de no tener ninguna prisa mientras iban llegando a su memoria fragmentos de los sueños de la pasada noche. Desde luego, Elena había aparecido en ellos: Hulda recordaba haber viajado esta noche, mentalmente, hasta su pequeño y desangelado cuarto en el albergue de Njardvík. No recordaba bien los detalles, solo la sensación de que en aquel sueño había algo inquietante. Aun así, no resultaba tan perturbador como la pesadilla que la visitaba casi a diario, tan espantosa que en ocasiones se despertaba gritando. Espantosa no ya porque su imaginación le jugase malas pasadas; al contrario, era en todos los aspectos un repaso de los acontecimientos que habían tenido lugar y que Hulda no lograba olvidar, por mucho que lo intentase.

Se incorporó en la cama e inspiró hondo para espantar los fantasmas. Ahora lo que necesitaba era un café bien cargado para ponerse en marcha.

Se le pasó por la cabeza que a lo mejor podía acostumbrarse a no trabajar. Sin compromisos, sin despertador. La vida cómoda y rutinaria de una jubilada en el cuarto piso de un bloque de viviendas.

Salvo que no tenía la menor intención de acostumbrarse a eso.

Necesitaba metas en su vida. La más inmediata era resolver el enigma de la muerte de Elena y dejar el trabajo con el listón bien alto; la meta a largo plazo era sentar la cabeza junto a alguien, huir de la soledad, y quizá —solo quizá— Pétur era el hombre adecuado para eso.

Ni se le pasó por la cabeza mirar el móvil hasta tener la taza de café medio vacía. Desde luego no pertenecía a esa generación enganchada al teléfono que ahora iba tomando las riendas de la sociedad. Cualquiera diría que los agentes más jóvenes no eran capaces de despegar la vista del móvil. Hulda, en cambio, prefería ni saber que existía.

Le sorprendió que alguien hubiese intentado llamarla, y no solo una vez, sino dos. No le sonaba el número para nada, así que llamó a la centralita para averiguar de quién era. Resultó que habían llamado del albergue que había desempeñado un papel tan importante en sus sueños.

Un joven contestó al teléfono.

—Buenos días, soy la inspectora Hulda Hermannsdóttir, de la policía.

—Sí, buenos días —dijo él.

—Me han llamado de este número esta mañana, sobre las ocho.

—¿Ah, sí? A lo mejor ha sido Dóra, aunque en realidad podría haber sido cualquiera. El caso es que no he sido yo —continuó, hablando tan deprisa que las palabras casi se fundían unas con otras.

—¿Qué quieres decir con eso de «cualquiera»?

—Sí, los residentes tienen acceso a este teléfono. —Luego añadió—: Solo para llamadas nacionales, claro. Las internacionales están bloqueadas, si no, la factura de teléfono iba a estar por las nubes. —Soltó una risita.

Pero Hulda no estaba para risitas.

—¿Hay alguna manera de averiguar quién me ha llamado? ¿Me puedes poner con Dóra?

—¿Con Dóra? Ahora mismo no.

—¿Por qué no? —Hulda notaba cómo se le iba agotando la paciencia; estaba claro que con media taza de café no bastaba.

—Ha hecho el turno de noche, así que ahora está durmiendo. Es inútil intentar llamarla, siempre apaga el móvil.

—Es urgente —dijo ella, sin saber realmente si lo era—. Tú dame el fijo de su casa.

El joven volvió a reírse.

—¿El número de su casa? ¡Pero si ya nadie tiene eso!

—Bueno, entonces, ¿le puedes pedir que me llame?

—Claro, intentaré acordarme. ¿Le digo que le devuelva la llamada a este mismo número desde el que telefonea usted?

—Sí —contestó Hulda para luego preguntar—: Hay una chica de Siria, hospedada en el albergue, con la que tendría que hablar. ¿Está disponible?

—¿De Siria? No estoy seguro. Es que soy nuevo y aún no conozco a nadie de aquí. Dóra estará más al tanto.

Con esto, Hulda, por fin, se hartó de la conversación.

—Gracias. Ya volveré a llamar más tarde —dijo con brusquedad.

—Vale. Entonces ¿no le doy el recado? ¿No le digo que la llame?

—Por el amor de Dios, sí, por favor, dile que me llame al móvil. Muchas gracias.

Hulda colgó, suspiró y se sirvió más café.

II

Era el primer día en su nueva casa, un pequeño piso de sótano, tan diminuto en realidad que hasta la palabra «piso» resultaba un poco exagerada, pero aun así era un gran día.

Por fin se había largado del hogar familiar. Se había despedido de sus padres con cariño, pero prometiéndose a sí misma que nunca jamás volvería a mudarse con ellos. Después fue a buscar a su hija sin tener la certeza de cómo sería recibida o si le permitirían llevársela.

Esas preocupaciones eran infundadas. La matrona al cargo comentó que la niña llevaba con ellas un tiempo inusualmente largo, casi dos años. Por lo general, dijo, los niños se quedaban allí solo unos meses. También le advirtió que quizá a la pequeña le costase un tiempo asimilar el cambio, pero les deseó a ambas la mejor de las suertes. «Es una niña muy buena», le dijo.

Y qué difícil había sido. La niña había llorado y llorado, revolviéndose en los brazos de su madre, negándose a irse con ella. Desde luego no había sido el reencuentro que la madre se había imaginado, con el que había soñado.

—A veces tiene problemas para conciliar el sueño —añadió la encargada cuando ya estaban listas para marcharse.

—¿Problemas? —repitió la madre—. ¿Por qué?

La cara de la matrona expresaba a las claras que no estaba segura de cuánto debería contar sobre la estancia de su hija en el establecimiento, pero finalmente contestó:

—A principios de año tuvimos aquí a un niño que por lo visto se dedicaba... —vaciló—. Que se dedicaba a meterles el dedo en los ojos a los demás niños mientras dormían.

Un escalofrío la recorrió de arriba abajo al oírlo.

—Al principio dimos por hecho que era algo puntual, pero al final tuvimos que tomar cartas en el asunto —dijo—. Tu hija es una niña muy sensible y aquello la afectó más que a la mayoría. Desde entonces le cuesta dormir, tiene miedo a la oscuridad y no se atreve a cerrar los ojos. Ha sido todo un quebradero de cabeza.

El primer día la niña no aceptó de buen grado el nuevo hogar ni a la madre. Se negaba a hablar y evitaba mirarla a los ojos. Al principio incluso rechazaba a comer, aunque al final cedió. Y más tarde, claro, se negó a ir a dormir. Las nanas no sirvieron de nada y, durante un rato, a la joven se le pasó por la cabeza que había cometido un error. Quizá debería haber dado a la pequeña en adopción de inmediato en lugar de aceptar ese arreglo que la había llevado a no ser madre más que de nombre. En realidad, no era sino la mujer del abrigo que aparecía dos veces por semana detrás del cristal y se devanaba los sesos buscando qué decir, tratando de que fuese algo bonito, aunque en realidad solo fueran palabras vacías que nunca podían suplir la verdadera seguridad.

La pequeña no fue capaz de vencer indefinidamente al cansancio y por fin la madre logró dormirla, aunque solo después de encender la luz de la habitación. También ella se durmió acto seguido, tumbada al lado de su hija. Nunca se había sentido tan feliz.

III

A decir verdad, a Hulda le sorprendía no haber tenido noticias de Magnús. Tras la bronca de Alexander la noche anterior, contaba con recibir una llamada similar de su jefe, y solo había dos explicaciones posibles para que eso aún no hubiera pasado. Por un lado, que Magnús hubiera decidido ignorar las quejas de Alexander y dejar a Hulda trabajar en paz en la investigación del caso; esto era muy improbable porque esos dos eran uña y carne, y si Alexander hubiese puesto el grito en el cielo, Magnús, con toda probabilidad, lo habría apoyado. La otra explicación era que Alexander no le hubiese ido con el cuento a Magnús, tal vez porque en el fondo sabía que su investigación había sido una chapuza. En ese caso estaría rezando por que Hulda no consiguiera dar con ninguna nueva pista y todo se esfumara sin ponerlo a él en un brete.

Aun así, sabía que no podía fiarse de esta feliz no injerencia de Magnús. Le habían marcado un plazo muy concreto —dos semanas— para dedicarse al caso, pero no sería descabellado que Magnús le pidiese que dejase la investigación un poco antes, así que era esencial aprovechar bien el tiempo. Lo primero en la agenda era profundizar en la información que el intérprete Bjartur le había proporcionado, y si hablamos de casos de prostitución y trata de blancas, ella sabía bien que, dentro del cuerpo de policía, quien tenía los mejor datos era Thrándur. En realidad lo habían bautizado como Tróndur porque era medio feroés, aunque llevaba viviendo en Islandia toda la vida y la gran mayoría de la gente lo llamaba Thrándur, a la islandesa. Hulda debía admitir que no le caía especialmente bien, pese a que siempre se había mostrado simpático con ella. Le parecía demasiado lisonjero, pero también debía reconocer que la opinión que tenía de Thrándur y de varios colegas suyos a lo mejor estaba condicionada por el hecho de que a ella nunca le habían permitido formar parte de su equipo. Era un club de hombres y ella no estaba invitada. Aun así, a Thrándur había que concederle que era un policía capacitado, al contrario que Alexander. Cauto e inteligente; por lo general solía lograr buenos resultados.

Thrándur no contestó al teléfono de su despacho, así que probó con el móvil. Tuvo que esperar siglos hasta que al fin descolgó.

—Aquí Thrándur —dijo con formalidad.

Un tanto desanimada, Hulda se dio cuenta de que él no se había molestado en guardar su número en la memoria del móvil, a pesar de los muchos años que llevaban trabajando juntos.

—Thrándur, soy Hulda. ¿Tienes un minuto?

—¡Hombre, Hulda! Cuánto tiempo —siguió él con una educación que a ella le pareció forzada—. Hoy no estoy de servicio; tenía que gastar unos días de vacaciones que me quedaban del verano pasado. ¿Puedes esperar a mañana?

Hulda reflexionó. El tiempo corría en su contra; tenía que averiguar algo hoy y aquella era la pista más prometedora de la que disponía.

—Lo siento, es urgente.

—Vale. Dispara.

—¿Puedo acercarme a verte? —Sabía que de ese modo había más esperanzas de lograr un avance. Si él intentaba mentirle, cara a cara, viendo su comunicación no verbal, sería más fácil cazarle.

—Me pillas ya en el campo de golf. —Este dato no sorprendió a la inspectora: Thrándur era el rey del mambo en cuanto a la práctica del golf entre los policías—. Salgo al *tee* de salida enseguida. ¿Puedes llegar aquí rápido?

—¿Dónde estás?

—En el campo de Urridavellir.

Ese dato no le decía nada.

—Aquí arriba, en Heidmörk —añadió al ver que ella no reaccionaba. Le explicó el camino.

—Estoy ahí en un minuto —mintió a sabiendas de que el viejo Škoda no podría cumplir esta promesa.

Mientras conducía hacia el sureste de la ciudad, sus pensamientos volaron hacia Pétur, hacia los buenos ratos que habían pasado la noche anterior y lo mucho que, en realidad, había echado de menos una compañía así. También pensó en lo que le había contado, y más aún en todo lo que se había dejado en el tintero. De momento. Ya habría tiempo para aquello.

La reserva natural de Heidmörk la recibió envuelta en su bello atuendo primaveral; la vegetación, en algún punto entre lo incoloro del invierno y los atavíos estivales de un verde intenso.

Las instrucciones de Thrándur resultaron precisas y, después de décadas de trabajo en la policía, ella estaba acostumbrada a poner atención en los detalles, así que no le supuso ningún problema encontrar el campo de golf. Llegó sana y salva a su destino tras conducir por un sendero de gravilla que serpenteaba tanto que no había manera de anticipar el tráfico en sentido contrario.

Thrándur la aguardaba de pie junto al aparcamiento, y parecía que llevaba tiempo esperándola. Iba de lo más elegante, luciendo un pulcro atuendo de golfista a cuadros y una visera en la cabeza. A su lado había una bolsa de ruedas con su juego de palos. Hulda no tenía la más remota idea de si semejante equipamiento se consideraba de categoría, pero presuponía que sí, dada la gran afición de Thrándur a ese deporte.

—Voy bastante pillado de tiempo —dijo mientras ella se acercaba, y el tono de voz no podía ocultar su impaciencia. Echó un vistazo al gran reloj en la fachada del club, como para subrayar sus palabras—. ¿De qué quieres hablar?

Hulda no estaba acostumbrada a que le metieran prisa, pero le quedó claro que Thrándur pensaba darle prioridad al golf, así que fue al grano:

—Es sobre esa chica rusa que murió hace un año. Se llamaba Elena.

—No me suena —dijo él—. Lo siento. Ojalá te pudiera ayudar. —Era la viva imagen de la cortesía, a pesar de sus evidentes prisas.

—Llegó a Islandia como refugiada, había solicitado asilo. La encontraron muerta en una cala de Vatnsleysuströnd. La investigación se limitó a rascar la superficie, pero me he enterado de que, probablemente, vino aquí para prostituirse. Es posible que se trate de un caso de trata de blancas. —Hulda observaba atenta la reacción de Thrándur, y era obvio que el asunto iba despertando su interés—. Y por eso quería hablar contigo —añadió.

—Yo... no sé nada de eso —dijo en un tono ligeramente cambiado, titubeante, evasivo—. Nunca he oído hablar de esa Elena. —Y agregó—: Lo siento.

—Pero no será algo tan inusual en ese negocio

que llegue gente a este país con el pretexto de solicitar asilo cuando el objetivo real es alguna clase de red de prostitución, ¿no?

Hulda había buscado información en internet por la mañana, y creía haber encontrado suficiente material como para afirmar aquello, al menos con el propósito de intentar sacarle algo más a Thrándur.

—Pues sí, sí; eso sucede, pero no es algo que estemos investigando en estos momentos. Seguramente te han informado mal.

—Si algo del estilo estuviera en marcha —insistió ella—, ¿crees que podrías darme algún nombre, alguien que pudiera estar metido en esto, alguien que resida en Islandia?

—No se me ocurre ninguno —replicó él. Un pelín rápido, le pareció a ella; había contestado sin detenerse a pensarlo, como si prefiriese que Hulda no metiera las narices en investigaciones de ese tipo—. A lo mejor era una cosa puntual, un incidente aislado: alguien que la trajo al país y que después se esfumó. Es lo más probable, ¿no?

—Podría ser, claro —replicó ella en un tono quedo—. ¿Quiénes serían los candidatos más probables a estar metidos en una cosa así? Tú tienes que saberlo. —Hulda se mostró educada aunque tenaz.

—Lo siento, Hulda —repitió una vez más—. No tengo ni las más remota idea. Todo eso no es blanco y en botella, no tanto como tú crees.

Por fortuna, el crimen organizado de ese tipo no abunda en nuestro país. Lo siento, pero ahora sí que tengo que irme, no puedo llegar tarde al *tee* de salida, si no, pierdo mi turno, ¿entiendes?

Ella asintió con la cabeza, aunque la mayoría de esos términos de golf se le escapaban.

—Gracias de todos modos, Thrándur. Ha sido de ayuda contar con tus conocimientos.

—No hay de qué, Hulda, cuando sea. —Luego añadió, y ella creyó notar cierta ironía en su voz—: Disfruta de tus años de jubilación.

Lo observó mientras arrastraba a trancas y barrancas la bolsa de ruedas con el juego de palos a lo largo de un sendero hasta subir a un pequeño altozano en el que se encontraban otros tres golfistas que parecían esperarlo. El cielo estaba despejado —un panorama largamente anhelado tras un invierno tedioso—; aun así, reinaba un ambiente bastante frío.

Thrándur se preparó para golpear la bola el primero. En cuanto alargó la mano para asir uno de los palos, reparó en que Hulda seguía en el aparcamiento, mirándolo. Le dedicó una sonrisa incómoda, parecía que estaba esperando a que se largase. Ella lo saludó con la mano, sin moverse de su sitio. Él apartó la mirada y se situó en posición, dándole la espalda. Acto seguido alzó el palo hacia atrás y golpeó la bola con mucha fuerza. Esta voló directamente fuera de la calle hasta aterrizar detrás de un cerco de alambre de púas. Por las reacciones de Thrándur y sus camaradas, quedó claro que esa no había sido su intención.

Hulda desplegó una sonrisa y se largó.

IV

La niña seguía encerrada en su caparazón, mostraba pocas emociones aparte del llanto continuo, pero la madre se negaba a rendirse. De algún modo había que construir un puente para cruzar el abismo que existía entre ellas. Era como si la hija estuviese castigándola por su ausencia, y eso a ella le parecía de lo más injusto, porque sencillamente le habían arrebatado las riendas. No había tenido elección, en realidad. Y ahora se había quedado sola con la pequeña, sin apenas poder dormir por las noches, angustiada por lo que les depararía el futuro. ¿Cómo podría compatibilizar el trabajo y la crianza de una niña? Casi todas sus conocidas estaban casadas, eran amas de casa, y podían dedicar todo el tiempo al hogar y a los hijos. Y no era solo la sociedad la que se volvía en su contra, ni aun esas que se consideraban amigas escondían su desaprobación, su desprecio por ella como madre soltera. Tampoco sus padres —empeñados en que tendría que haber dado a la niña en adopción— habían aceptado la decisión de sus hija y apenas les prestaban atención. La mayor parte de los días le parecía que no tenía apoyo asegurado en ningún sitio.

Lejos de endurecerse ante la adversidad, notaba cómo cedía más y más cada día.

Cuando estaba en el trabajo se veía obligada a dejar a su hija en la guardería de una señora mayor del barrio, de carácter bastante frío y estricto, de la vieja escuela, que prestaba sus servicios en un sótano que apestaba a humo de tabaco y a aire viciado. Allí tenía que dejar a la pequeña todos los días laborables, durante media jornada. Lo hacía muy a su pesar, pero, como en tantas ocasiones, no había más remedio. Necesitaba trabajar si quería mantenerse a ella misma y a su hija, y aquella era la única mujer del barrio que ofrecía servicios de guardería a un precio lo bastante económico para que le salieran las cuentas.

Cada día le costaba lo indecible dejar a su niña. Y aun cuando sabía que volvería a recogerla al final del día, siempre tenía presente la dolorosa separación original. Esperaba que la chiquilla no lo experimentase de la misma manera. La pequeña, ciertamente, se ponía a llorar cada vez que la dejaba, pero al menos saltaba a la vista que era precisamente por separarse de su madre.

V

Hulda tenía claro que, por algún motivo que ahora se le escapaba, Thrándur no le había contado toda la verdad, pero desde luego ella no iba a cejar en su empeño. Entre los pocos amigos que tenía en la policía, había uno —o mejor dicho, una— con los contactos que ella necesitaba dentro del turbio mundo en el que Thrándur acostumbraba a moverse.

Como no tenía el menor deseo de volver a poner un pie en la comisaría, quedó con ella para tomar un café en el Centro de Arte Kjarvalsstadir. Ese caso le daba energías para seguir. Aunque por algún motivo había desarrollado un sentimiento de obligación hacia Elena, también sabía que resolver esa investigación sería el mejor colofón posible para su carrera, y continuar adelante la ayudaba a esquivar la terrible sensación de rechazo que la embargaba cada vez que pensaba en la conversación con Magnús.

Había muy poco público en la cafetería de Kjarvalsstadir, solo una pareja de jóvenes compartiendo una porción de tarta de manzana; seguramente turistas extranjeros, a juzgar por la mochila y la cámara de fotos. Y saltaba a la vista que estaban enamorados. Como ella y Jón en su día, hacía ya mucho tiempo. Hulda no entregaba su corazón así como así, pero en su día estuvo enamorada de él hasta la médula y ese recuerdo continuaba dolorosamente vivo. Tenía muy claro que no albergaba sentimientos semejantes por Pétur, y tampoco pasaba nada: él le gustaba y podía imaginarse un futuro a su lado; con eso bastaba. Quizá había perdido la capacidad de amar —no solo quizá, para ella era algo obvio—, y sabía con total precisión desde cuándo.

La tarta de manzana tenía tan buena pinta que Hulda pidió una porción mientras esperaba, y estaba con el último bocado cuando su amiga hizo acto de presencia. Karen tenía veinte años menos que ella, pero aun así habían congeniado desde el principio. En cierto modo, Hulda la había acogido bajo su ala al verse reflejada en ella, y había intentado guiarla a través del laberinto patriarcal de la policía. Debía admitir que Karen había sido una alumna aventajada, e iba ascendiendo en el escalafón, consiguiendo oportunidades y promociones con las que ella nunca hubiera podido soñar. Hulda había observado la vertiginosa trayectoria de su protegida con una mezcla de orgullo —el de una profesora hacia su alumna, más que el de una madre con su hija— y amargura. Una voz que preguntaba: y tú, ¿por qué no llegaste más lejos?

No sabía la respuesta, no con precisión. Sin duda fue todo un cúmulo de factores, incluidas la sociedad y la mentalidad de su época, pero también debía admitir que a ella le había costado crear lazos con los compañeros de trabajo, los había mantenido siempre a cierta distancia, y lo había pagado con su carrera.

—Hulda, cariño, ¿qué te cuentas? ¿Es verdad eso de que nos dejas? ¿Cuándo te vas? —Karen se sentó enfrente de ella—. Me temo que no puedo quedarme mucho, ando con un atracón de trabajo, ya sabes cómo es esto.

Durante cierto tiempo, Karen había trabajado en el mismo departamento que Thrándur, bajo su mando, pero ya había ascendido al siguiente peldaño.

—¿No quieres un café? —preguntó Hulda—. ¿O un poco de tarta?

—No, gracias, tarta no, no tomo gluten, pero me tomaré un café. —Se levantó—. Voy yo a por él.

—No, deja que te invite...

—No, no, ni hablar —contestó Karen.

Hulda tuvo la impresión de que lo decía por una especie de lástima. Como si una tacita de café fuese a llevarla de cabeza a la bancarrota, ahora que se iba a jubilar. Y si había algo que no aguantaba era que la compadeciesen. Aun así, no quiso malgastar el tiempo discutiendo por una maldita taza de café y lo dejó estar.

—Tenemos que almorzar juntas algún día, sin falta —dijo Karen una vez se hubo sentado frente a su capuchino—. Para no perder el contacto, ¿no te parece? Ya sabía que me llevabas algunos años, claro, pero no caí en la cuenta de que fueran tantos.

A juzgar por sus gestos, se diría que Karen consideraba su comentario como un elogio. Sonrió sin el menor atisbo de vergüenza. A lo mejor pretendía halagarla, una especie de alusión a lo joven que parecía.

Intentó apartar su irritación, aunque no pudo evitar pensar que, probablemente, nunca habían sido amigas de verdad. A lo mejor Karen solo había precisado apoyo y amistad mientras se iba abriendo camino poco a poco dentro de la policía, y a lo mejor Hulda ya había cumplido ese papel. Se maldijo por no haberse dado cuenta antes, pero en esta ocasión, sin embargo, era ella quien la necesitaba.

—Estoy a punto de jubilarme —dijo.

—Sí, eso he oído. Todos te vamos a echar de menos una barbaridad, eso lo sabes.

—Sí, lo sé. Y yo a vosotros —mintió Hulda—. De todos modos, Magnús me pidió que intentara cerrar un caso antes de irme; uno que necesitaba la revisión de alguien con experiencia.

Era solo una verdad a medias, pero Hulda se movía bien en ellas.

—¿Ah, sí? ¡Vaya! ¿Maggi hizo eso? —Karen sonó sorprendida de un modo nada halagüeño.

A Hulda jamás se le habría ocurrido llamar a su superior por su diminutivo.

—Sí, eso hizo. Es el caso de una joven rusa que murió el año pasado. Probablemente estaba metida en alguna red de prostitución en Islandia, bajo la tapadera de una solicitud de asilo.

Karen tenía una expresión ausente, como distraída. Echó un vistazo al reloj y le dedicó una sonrisa de circunstancias; era obvio que estaba deseando largarse.

—Creo que no voy a poder ayudarte con eso —dijo después de un silencio incómodo—. No he oído hablar del caso. Además, ya no estoy en ese departamento.

—Sí, ya lo sé —contestó Hulda con calma—, pero tenía la impresión de que estabas bastante bien informada de ese mundillo, que controlabas los nombres y los rostros de los sospechosos habituales. A lo mejor he malinterpretado la clase de trabajos que tú...

Dejó la frase en el aire y permitió que las palabras calaran. Se le había pasado por la cabeza soltarle a Karen si eso significaba que en realidad no le habían confiado ninguna tarea *importante*, pero le dio la impresión de que el mensaje ya había llegado alto y claro con lo que había dicho.

—No, no, dispara. —Karen mordió el anzuelo.

—¿Se te ocurre alguien a quien sigamos sin echar el guante que sea sospechoso de..., en fin, de dedicarse a esa «línea de negocio»?

—No conozco al detalle la situación ahora mismo, pero me viene a la mente un tipo como el candidato más probable. Lo que pasa es que... —vaciló, pero Hulda no iba a soltar su presa y esperó..., y luego esperó un rato más. Sabía esperar—. Lo que pasa es que ha sido difícil probar nada contra él, así que prácticamente nos hemos rendido. Se llama Áki Brjánn Ákason, a lo mejor te suena; tiene no sé qué negocio mayorista.

El nombre desde luego le resultaba familiar, pero Hulda no consiguió ponerle cara.

—¿Joven o mayor?

—De unos cuarenta años. Vive en el Barrio Oeste, en un chalet muy elegante que desde luego habrá costado lo suyo.

—La venta al por mayor también puede dar buenas ganancias.

—No tantas, créeme. Está metido hasta el cuello en el tema, pero a veces no se puede probar nada y entonces toca dejarlo y pasar página, dedicarse a otros casos. Pero, por el amor de Dios, no le digas nada a nadie; oficialmente, ese hombre está limpio como una patena.

—No te preocupes, mantendré la boca cerrada —le aseguró Hulda—. Es interesante, pero dudo que me vaya a ayudar directamente. Lo que necesito es alguna conexión con la chica muerta.

—Te entiendo.

Y así se despidieron, sin pizca de calidez.

A pesar de lo dicho, desde luego que Hulda pensaba hacerle una visita a ese bendito mayorista. Después de todo, no tenía nada que perder; ya no.

VI

Aunque la vida con su hija se iba asentando en la rutina, no era exactamente como la madre la había soñado. Todo resultaba difícil, una lucha continua por salir adelante. La niña se portaba mal, se mostraba rebelde y retraída, aun cuando la madre hacía lo que estaba en su mano para darle todo el amor y el cariño del que era capaz. Lo más difícil eran las noches: a la pequeña le costaba conciliar el sueño, la oscuridad seguía dándole miedo y solo se dormía con la luz encendida. El dinero tampoco daba para mucho, y estar siempre preocupada por todo eso —por la niña, por el dinero, por el futuro— resultaba agotador.

Comenzaba a arrepentirse de no haber hablado al padre de la niña de su existencia. Era un soldado estadounidense que había estado destinado en Islandia un corto periodo de tiempo, y su relación duró todavía menos; apenas una o dos noches. Cuando se dio cuenta de que estaba embarazada, se planteó buscarlo. Eso la tuvo varias noches en vela, dándole vueltas y más vueltas, pero fue como si hubiese algún obstáculo invisible en el camino. Sencillamente, no pudo. La vergüenza era lo que más pesaba en su decisión, porque aquello no debería haber ocurrido, y punto. Se avergonzaba de su relación y sus secuelas. Por supuesto, él tenía la misma culpa que ella, pero él era libre para desaparecer, volar de regreso a su hogar y dejar que ella lidiara con las consecuencias: primero el embarazo y luego la hija, aparte de tener que hacer frente a la familia y a los amigos.

Ahora ya era demasiado tarde para informar al padre: había vuelto a América y, aunque sabía en qué estado vivía, eso servía de poco. Para colmo, por increíble que sonara, ni siquiera conocía su apellido, solo el nombre de pila. A lo mejor él se lo había dicho en alguna ocasión, pero como ella casi no hablaba inglés, seguramente se le habría escapado, además de que en aquel momento no importaba demasiado. Si no se hubiese sentido tan terriblemente avergonzada, podría habérselo dicho cuando descubrió que estaba encinta, porque por entonces él aún seguía en Islandia. Pero el mero hecho de plantearse viajar hasta la base aérea norteamericana en Keflavík y preguntar por un soldado del que solo sabía el nombre de pila, con la barriga ya incipiente... Dios mío, no había sido capaz de hacerlo. Y ahora se arrepentía de haber tenido tan pocas agallas, de no haber hecho de tripas corazón. Por su hija. Esa niña que había tenido unos primeros años de vida tan inusualmente difíciles. Era probable que nunca conociese a su padre, y él nunca sabría que había dejado una pequeña tan bonita en la fría Islandia. Al fin y al cabo, aquel solo había sido uno de los muchos destinos del soldado, un sitio que quizá solamente había visitado una vez, pero donde había quedado un recordatorio imborrable de su presencia.

Le aterraba pensar en cómo iba a explicarle eso a su hija algún día.

VII

Hulda aún seguía en el Centro de Arte Kjarvalsstadir cuando Dóra llamó desde el albergue:

—No he podido localizarla esta mañana —dijo—. ¿La molesto ahora?

Hulda había remoloneado un rato en la cafetería después de que Karen se fuera, con una sensación de vacío y cansancio. Necesitaba quedarse sentada un rato más y recuperar el aliento antes de volver a salir a la primavera islandesa, que esta vez le anunciaba más un final que un principio. Le estaba costando Dios y ayuda aceptar la idea de jubilarse, a pesar de que ese punto de inflexión había sido del todo previsto e inevitable. Y, por supuesto, no era solo aquella grosería por parte de su superior la que le había causado esa especie de trauma; no le disgustaba tener que dejar de trabajar antes de lo previsto, sino el hecho de tener que hacerlo. Podía echar pestes sobre sus colegas, pero lo cierto es que, para ella, su compañía era una tabla de salvación. Prefería con mucho las disputas y las envidias a estar atrapada entre las silenciosas paredes de su apartamento del bloque de viviendas, porque incluso allí había recuerdos de tiempos y sucesos pasados que no tenían nada que ver con ese apartamento, y otros abrumadores. Más que abrumadores, directamente asfixiantes. Hulda dormía bastante mal desde que tenía uso de razón, le pasaba ya antes de que apareciesen los sueños —las pesadillas— que ahora la atosigaban. Lo único que la mantenía en marcha eran los casos policiales, las investigaciones, la tensión. La última noche había sido un buen ejemplo de ello: el modo en que los sueños sobre una muchacha rusa habían desplazado a otros recuerdos llenos de arrepentimiento y culpa.

Y allí estaba ella, sentada en el pequeño café de un gran museo, rumiando su destino. Ya no quedaba nadie más en la cafetería, los turistas se habían largado. A quién iban a interesarle el arte islandés o las tartas de manzana islandesas con nata, si el sol asomaba al fin, aunque lo hiciera acompañado de cierto aire frío del norte. Siempre cabía la posibilidad de buscar un sitio resguardado.

¿Así iban a ser sus días tras la jubilación? ¿Yendo de café en café, tratando de llenar las horas? Jugueteó con la idea de llamar a Pétur, invitarlo a tomar algo, pero refrenó el impulso; no quería mostrarse demasiado ansiosa.

Y Dóra preguntando si molestaba.

—No —contestó Hulda, y esta vez no mentía—. No he oído el móvil esta mañana. Espero que no fuera nada muy urgente.

—No, no, en absoluto. Si le soy sincera, no entiendo por qué se molesta usted en meterse en aquello. Esa chica murió hace siglos, y todos conformes. Por así decirlo, ya me entiende.

Hulda la entendía demasiado bien. La pobre chica rusa no tenía quien la defendiera, no había sido más que un trámite exprés para la policía, y aunque Hulda no había tenido culpa alguna en eso, lo cierto era que se avergonzaba.

—Es que me he acordado de una cosa. Seguramente sea una tontería, pero ya sabe, a lo mejor es algo que tiene importancia para usted.

La inspectora se irguió en el asiento y aguzó el oído.

—El caso es que una vez vino un tío a recogerla, un desconocido, ¿sabe?

—¿Un desconocido?

—Sí, no era uno de los abogados que suelen llevar esos casos de asilo. Ni tampoco ese intérprete del ruso. Era otro diferente.

—¿Y dices que fue a recogerla?

—Sí, ella subió a su coche aquí delante del albergue, me ha venido a la cabeza hace un rato. —A juzgar por la voz, Dóra se sentía bastante orgullosa de ofrecer información nueva—. Es que recuerdo haberme preguntado adónde iba con ese tío, porque ella no conocía a nadie más aquí.

—Entonces ¿ese tipo era islandés? —preguntó Hulda, que ya había sacado su libreta de notas y comenzado a anotar los puntos principales. Sintió que recuperaba las fuerzas.

—Sí.

—¿Cómo lo sabes? ¿Hablaste con él?

—¿Quién, yo? No, no. Solo me topé con ellos ahí fuera. Imagino que él habría entrado a preguntar por ella y supongo que yo llegaba para empezar mi turno, o algo por el estilo.

—¿Cómo sabes que era islandés? —repitió la inspectora.

—Saltaba a la vista, es fácil reconocer a un islandés, todos tienen la misma cara, ya sabe a qué me refiero: la típica cara islandesa, el típico aspecto de aquí.

—¿Podrías describírmelo?

—No, no después de tanto tiempo.

—¿Delgado? ¿Con sobrepeso? —Hulda suspiró. Quedaba claro que a esa chica había que sacarle cualquier información con pinzas.

—Sí, con sobrepeso, justo. Gordo y bastante poco atractivo; ahora me acuerdo.

—¿No era tu tipo exactamente? —dijo Hulda.

—¡No, por Dios, en absoluto! Recuerdo que me pregunté si a lo mejor ella se había echado novio, pero no hacían lo que se dice buena pareja: ella tan mona, alta e impresionante; él, muy bajo y gordo.

—¿Lo habías visto antes?

—No, creo que no.

—¿Recuerdas cuándo fue?

—¿En serio espera que me acuerde de eso? Si ni siquiera recuerdo qué he desayunado esta mañana. Fue..., no sé..., antes de que muriese —contestó Dóra con una obviedad manifiesta.

—¿Y crees que podría ser su novio?

A la luz de su conversación con el intérprete Bjartur y los datos que pudo aportar, Hulda empezaba a armar su propia teoría sobre lo que había pasado. Y quería saber si a Dóra se le habían despertado sospechas similares, pero decidió no preguntárselo directamente. No había necesidad de dar pie a rumores, al menos de momento.

—No, en realidad no. Sencillamente se me pasó por la cabeza. Y, además, si hubiese tenido novio en Islandia, seguro que habría sido más guapo que ese tío.

—¿Se te ocurre qué podía querer de ella?

—La verdad es que no. No era asunto mío. Bastante hago con llevar el negocio; lo que hagan los residentes no es mi problema.

—¿Qué edad crees que tendría?

—Pues... cuesta decirlo. Era solo un tío. Como de mediana edad, ya sabe. Mayor que ella.

—¿Te fijaste en qué coche llevaba?

—Pues mire, sí: un todoterreno. Los tíos como él siempre conducen esos cuatro por cuatro, normalmente negros.

—¿Qué clase de todoterreno?

—Ni idea, no los distingo, a mí me parecen todos iguales.

—¿Sería posible que eso pasara el día que murió?

—Sabe, no estoy segura. A lo mejor fue el día antes, pero es poco probable de todas formas. Yo habría visto una conexión en su día, ¿no?

—Eso ya no lo sé.

—No, es verdad.

—¿Has vuelto a ver a ese hombre?

—Creo que no.

—Esto es interesante, Dóra. Gracias por llamar. ¿Me harás el favor de ponerte en contacto conmigo si recuerdas alguna otra cosa? A cualquier hora.

—Sí, claro. Todo esto te da un chute de emoción. Un rollo policiaco así. A veces me da por leer novelas negras, pero nunca imaginé que yo misma iba a verme envuelta en un caso.

—No es lo mismo —dijo Hulda, pero, de repente, vio una jugada—. ¿Crees que podrías tener los ojos abiertos ahí por mí?

—¿A qué se refiere?

—Preguntar un poco, ver si alguien se acuerda de algo que pudiera ser relevante. Es que creo que a Elena la asesinaron y es responsabilidad nuestra intentar encontrar al culpable.

Notó el aguijón de la duda: ¿a lo mejor estaba metiendo a la pobre chica en un aprieto, poniéndola en peligro incluso? Intentó apartar esos pensamientos. Esas cosas no sucedían en la pacífica Islandia. Aquí las personas solo asesinaban bajo los efectos del alcohol o las drogas, en ataques de ciega furia o de celos. Nadie cometía un asesinato premeditado; y, mucho menos, más de uno. Ciertamente, estaba buscando a un asesino, de eso ya estaba segura, pero Dóra estaba a salvo.

—Por supuesto. Preguntaré, no hay problema.

—¿Qué hay de la mujer siria? ¿Podría hablar con ella ahora?

—No, lo siento, imposible. Llegó la poli y se la llevó.

—¿Qué quieres decir?

—La van a deportar. Así funciona. Como el juego ese infantil de las sillas musicales; la música empieza a sonar, todos se ponen de pie, comienzan a dar vueltas y cuando se apaga la música, han quitado una silla. A algún desgraciado le toca perder, y hoy le ha tocado a la siria.

VIII

Ella había mencionado una o dos veces que sería divertido hacer una excursión fuera de la ciudad y ver algo más de Islandia si fuese posible; salir de las zonas urbanas a la naturaleza. Aunque debía admitir que en ese país tan extraño las ciudades no eran nada del otro mundo. Incluso Reikiavik era poco más que un pueblecito, al fin y al cabo.

Había lanzado la idea medio en broma, no contaba con que esa excursión fuera a hacerse realidad jamás, y menos aún con ese clima: un viento gélido llegaba del mar día tras día, a veces traía lluvias, a menudo nevadas. La inmaculada blancura de la nieve recién caída era preciosa vista a través de la ventana, pero los constantes vaivenes meteorológicos hacían que esa nieve de postal no durase mucho: primero se convertía en nieve fangosa y grisácea, luego en hielo, antes de que otra nevada lo cubriese todo de nuevo.

Así que fue una sorpresa que él llamase y sugiriera una escapada de fin de semana, para «ver la nieve», según dijo. Dirigió la mirada más allá de la ventana, hacia la mañana que hacía fuera; los aullidos del viento se colaban dentro y llovía a cántaros. De inmediato, la mera idea de salir de viaje con ese tiempo le arrancó un escalofrío, pero también pensó que solo se vive una vez, que lo mejor era dar el paso, experimentar algo nuevo, alguna aventura en los confines árticos.

—¿No hará mucho frío? —había preguntado antes de aceptar—. Parece que ahora mismo hace un frío que pela.

—Hará más frío que aquí —había contestado él, pero luego añadió, como si le hubiese leído la mente—: Será una aventura.

Estaba claro que pensaban lo mismo.

Por eso se decidió y dijo que sí. Luego unas cuantas preguntas. ¿Adónde vamos? ¿Cómo llegaremos allí? ¿Qué me llevo?

Él le dijo que se relajara. Podían ir en su todoterreno, además no irían tan lejos: el tiempo era imprevisible, por lo que más valía no correr riesgos. Solo irían lo bastante lejos como para poder hacer noche fuera de las zonas habitadas y experimentar la auténtica naturaleza.

—¿Adónde? —preguntó ella, pero él se negó a contestar.

—Ya lo veremos —dijo al final, para luego preguntarle si tenía una parka que abrigase bien y que pudiese llevar. ¿O un plumas, quizá?

No tenía nada de eso, así que él se ofreció a dejarle una parka. También añadió que no olvidara llevar ropa interior de lana para mantenerse caliente mientras viajasen y sobre todo durante las noches. Que en el trayecto haría frío, pero el frío de la noche era lo peor.

En ese momento se le pasó por la cabeza echarse atrás, pero algo la empujaba; una especie de espíritu aventurero. Le dijo que, como él probablemente sabía, no tenía ropa interior de lana, y entonces él se ofreció a comprarle algo. Le prestaría el dinero para ello; ya se lo devolvería más adelante.

IX

¿Era posible que se estuviera acercando a la verdad? ¿Era posible que aquel desconocido hubiese recogido a Elena el día anterior a que encontrasen su cadáver, y que fuera algún cliente? Hulda podía visualizar la escena casi con tanta nitidez como si hubiera estado presente. Podía imaginarse lo sola y lo abandonada que se habría sentido Elena, forzada a ejercer la prostitución en un país extraño. A lo mejor fue su primer cliente, y ella, a la hora de la verdad, se negó a seguir adelante. ¿Eso le habría costado la vida?

La idea llenó a Hulda de odio y de una rabia impotente. Debía ir con cuidado. La ira enciende el fuego en los ojos, dijo el obispo Vídalín, y ella conocía esa sensación demasiado bien.

Telefoneó a Bjartur para preguntarle si en algún momento Elena había dejado caer el nombre o la profesión de algún cliente. El intérprete estaba deseando ayudarla, pero por desgracia Elena no le había mencionado nada por el estilo.

El próximo paso sería ir a ver a Áki, el mayorista sospechoso de llevar negocios de prostitución. Tras averiguar su dirección, Hulda condujo hasta el barrio de la clase alta, al oeste de la ciudad en la que él vivía, y se encontró con una casa unifamiliar, baja y antigua, con un jardín cuidado cuyos árboles todavía estaban medio vestidos de invierno, aún desnudos de hojas, aunque era de suponer que pronto despuntarían los primeros brotes. Lucía el sol y apenas había una nube en el cielo, pero las temperaturas aún eran bastante bajas. La casa, modesta para ese barrio adinerado, tenía un aire de paz. No había ningún vehículo a la vista en el vado de entrada, de modo que Hulda decidió esperar un rato. Por ahora era su mejor pista: tenía que pillar a Áki en persona, cogerlo desprevenido y hablar con él. En realidad, no tenía mucha prisa, así que aparcó el viejo Škoda a una distancia prudencial, desde donde gozaba de una buena perspectiva de la casa.

Ya había perdido la cuenta de las horas que había pasado apostada en ese Škoda, haciendo guardia, a lo largo de su carrera. Por lo general se sentía a gusto en su viejo cacharro, pero al cabo de dos horas ya tenía ganas de salir del coche y estirar las piernas. No obstante, decidió aguantar un rato más. ¿Tal vez debería ir sin más y llamar a la puerta? A lo mejor, el sujeto llevaba todo el día metido en casa.

Entonces, por fin, un todoterreno se metió en

el vado de entrada y de él se apeó un joven de pelo corto y cara delgada, ligero de movimientos. Hulda lo observó entrar en la casa y esperó un momento. A continuación siguió sus pasos y llamó a la puerta. El mismo hombre acudió a abrir, todavía con los zapatos de calle y la chaqueta puestos.

Pareció sorprendido por la visita y aguardó inmóvil a que ella dijera algo.

—¿Áki? —Hulda intentó sonar tranquila.

El otro asintió con un movimiento de cabeza, desplegando una sonrisa de medio lado, una sonrisa embaucadora, le pareció a ella.

—¿Quién lo pregunta? —La voz era suave pero firme.

—Soy la inspectora Hulda Hermannsdóttir, de la policía. —Metió la mano en un bolsillo, con la esperanza de que la placa estuviera ahí.

—La policía —dijo él pensativo—. Bueno, pase. ¿Ha ocurrido algo?

A ella le entraron ganas de contestar que sí al recordar las fotografías del cadáver de Elena en la cala, pero se contuvo:

—No, no exactamente. Solo tengo que hacerle unas cuantas preguntas, si le parece bien.

Se mostró tan educada como las circunstancias permitían; no quería correr el riesgo de que Áki exigiera la presencia de un abogado. Era preferible que ese primer acercamiento transcurriese sin complicaciones, porque le resultaría difícil justificar su visita solo con los datos de los que disponía. Pero, por otro lado, le pareció que era importante hablar con él, tomarle las medidas, aguijonearlo un poquito.

Le ofreció sentarse en el salón, quizá uno de los muchos salones de la casa, que, de hecho, parecía más grande por dentro que por fuera. La decoración era moderna y minimalista, dominada por una paleta de colores negro, blanco y plata, y con pocos objetos personales. Hulda se sentó en un sofá negro de un material satinado y gélido al tacto, y Áki tomó asiento frente a ella sobre un escabel que complementaba un hermoso sillón.

—Tengo poco tiempo, a decir verdad. —Fueron sus primeras palabras, como para posicionarse; para darle a entender que ella estaba allí bajo sus condiciones.

—Yo también —replicó Hulda sin mentir en nada: su carrera estaba llegando a su fin—. Quería preguntarle por una joven de Rusia...

Un breve silencio; ella observaba los gestos de Áki, y le dio la impresión de que él sabía de qué estaba hablando: el hombre apartó la mirada un instante para luego mirarla directamente a los ojos.

—¿De Rusia?

—Llegó a Islandia como solicitante de asilo, pero todo apunta a que en realidad era víctima de una red de tráfico sexual —continuó Hulda.

Esa era la hipótesis sobre la que trabajaba, y por lo tanto lo mejor era sostenerla como verdad.

—Me temo que no sé de qué me habla. —Continuaba clavándole la mirada—. No la sigo, en absoluto. ¿Cree que yo conozco a esa mujer?

«Conozco.» Hablaba de ella en presente; a lo mejor era señal de que no sabía nada sobre Elena y su destino; a lo mejor era señal de que estaba involucrado y era muy cauteloso.

—Está muerta —dijo Hulda—. Se llamaba Elena, hallaron su cadáver en una cala de Vatnsleysuströnd.

El gesto de Áki permanecía inalterable.

Sin embargo, tampoco parecía que fuese a invitar a Hulda a irse, al menos por el momento; continuaba sentado, sereno, sin mácula ni defecto, con sus vaqueros azul oscuro, su camisa blanca bajo una chaqueta de cuero; los zapatos también de cuero negro lustrado. Tanto su aspecto como su casa y su coche atestiguaban que era un hombre adinerado.

—Por cierto, tiene usted una casa espléndida —dijo Hulda, mirando alrededor—. ¿A qué se dedica?

—Gracias. El mérito es de mi mujer; nos gusta rodearnos de objetos bonitos.

Hulda sonrió. «Bonito» no era la primera palabra que le venía a la cabeza al ver los muebles y el diseño interior. Más bien habría descrito la casa como «sin alma». Aun así, se quedó callada, esperando a que él contestara la pregunta.

—Soy mayorista —dijo al fin sin ocultar que se

sentía orgulloso de su profesión, o al menos quería aparentarlo.

—¿Qué es lo que vende?

—¿Qué necesita? —Desplegó una sonrisa más amplia que antes de añadir en tono serio—: A lo mejor no debería bromear así en presencia de una inspectora de policía. Importo un poco de esto y un poco de aquello: bebidas alcohólicas, muebles, aparatos eléctricos, en realidad cualquier cosa que se pueda vender con un buen margen de beneficio. Espero que no se haya convertido en crimen ser capitalista.

Hulda negó con la cabeza.

—En absoluto. ¿Y eso es todo?

—¿A qué se refiere?

—¿Conocía a Elena de algo? Le puedo mostrar una foto suya.

—No hace falta. Le puedo asegurar que no la conocía de nada. Nunca antes había oído su nombre, ni conozco a refugiados rusos ni tengo negocios de ninguna clase con Rusia. Y estoy felizmente casado, así que no necesito recurrir a ninguna prostituta, si es eso lo que insinúa.

Aún seguía increíblemente sereno.

—No, ni mucho menos —dijo la inspectora.

Cada vez se sentía más incómoda allí dentro, a pesar de toda la opulencia que la rodeaba. La mesilla de cristal que había entre ellos, lisa y pulida como un espejo; el salón luminoso; el hermoso sol vespertino que se colaba por las ventanas.

Áki parecía un miembro respetable de la sociedad, un hombre educado, aseado, incluso atractivo. Y aun así las tripas le decían que se enfrentaba a un enemigo peligroso, y encima en su propia cancha.

El silencio que siguió duró solo un momento que, sin embargo, se hizo eterno.

—En realidad, tenía más bien la intención de preguntarle... —Hulda titubeó, cosa rara en ella; se obligó a continuar—: Quería preguntarle si fue usted quien la trajo a Islandia.

La pregunta no pareció desconcertar a Áki.

—Eso son palabras mayores. ¿Me está usted preguntando si introduje a una prostituta en nuestro país?

—Sí. A una o a varias.

—Ahora sí que no comprendo nada.

La voz del hombre se había teñido de cierta dureza, y de pronto Hulda sintió frío, a pesar del pequeño fuego que ardía en una chimenea moderna en la que no había reparado antes, detrás del dueño de la casa.

—Hablo de trata de blancas —dijo ella obstinada—. Prostitución organizada. Conforme a mi investigación, Elena estaba involucrada en asuntos de este tipo.

—Interesante. ¿Y por qué cree que yo estoy metido en esa línea de negocio? —Áki volvió a su voz suave, serena.

—No digo que lo crea, en absoluto. —Hulda

prefirió no acusarle de manera explícita de actividades ilegales, a sabiendas de que en realidad no tenía pruebas tangibles.

—Pero lo insinúa —dijo él con una sonrisa torcida.

—No, simplemente le pregunto si le suenan la chica o esa clase de actividad.

—Y yo ya le he dicho que no. Para ser sinceros, creo que llamar a la puerta de un ciudadano respetuoso con la ley, que siempre ha pagado sus impuestos, y acusarle a la cara de estar involucrado en no sé qué asunto de tráfico sexual es ir demasiado lejos, ¿no le parece? —Seguía sorprendentemente tranquilo. Y Hulda se preguntó si un hombre inocente no habría reaccionado con más ira, con justa indignación.

—Yo no le he acusado de nada, y si no conocía usted a Elena, entonces...

—¿Por qué ha venido a verme? —preguntó, y ella no tenía una respuesta preparada—. ¿Cómo se le ha ocurrido hablar conmigo?

No podía revelar que su fuente en la policía había considerado que Áki estaba metido en negocios de prostitución.

—Ha sido una llamada anónima —contestó tras un silencio incómodo.

—¿Una llamada anónima? Pero no tiene por qué ser cierta, ¿no es así? ¿Y tiene alguna prueba que aportar y que yo pueda rebatir? Es difícil defenderse de habladurías infundadas. Tienen que darse cuenta de que... —Se inclinó un poco hacia ella—. De que debo defender mi reputación. En los negocios, la reputación lo es todo.

—Eso lo entiendo y puedo asegurarle que esto ha sido todo: es obvio que el caso no le resulta familiar, así que no hay más que decir. —Estaba deseando largarse de la casa, salir a la blanca tarde primaveral, a pesar de que Áki no había mostrado una actitud amenazante. De hecho, todo lo contrario.

De pronto se sentía atrapada. Notaba que le empezaban a sudar las palmas de las manos y cada vez estaba más nerviosa; tuvo la sensación de que habían cambiado las tornas. Muchas veces había intentado meterse en la piel de los acusados, no ya por compasión sino por mejorar sus técnicas de interrogatorio. Con el tiempo se había vuelto bastante diestra, eso debía reconocerlo. En una ocasión, incluso llegó a dejar que la encerraran en una celda para ver qué se sentía y cuánto aguantaría. Antes de cerrar la puerta y echar el cerrojo, su colega le había preguntado si estaba segura de lo que hacía, y ella se había limitado a asentir con la cabeza, aunque ya notaba el sudor frío en la nuca, en la espalda. Tras cerrarse la puerta, se quedó sola entre las cuatro paredes. Había una diminuta mirilla al lado de la puerta maciza y un ventanuco algo más grande, con un cristal opaco, encima del camastro, sin más finalidad que la de proporcionar algo de luz a la celda. Enseguida notó que la respiración se le aceleraba, así que cerró los ojos e intentó distraer la atención del hecho de que se encontraba recluida en ese angosto espacio. Lejos de ayudar, eso acrecentó la sensación de claustrofobia hasta el punto de que pensó que iba a desmayarse, aunque en el fondo sabía que, a diferencia de otros presos, le bastaba con dar unos golpes en la puerta para que la dejasen salir. Hiperventilando, intentó aguantar todo lo que pudo, pero al final se levantó y llamó a la puerta. Su colega no apareció en el acto y poco le faltó para ponerse a gritar, empujando la puerta y golpeándola con todas sus fuerzas. Justo entonces se abrió. Se sentía como si hubiera estado horas encerrada ahí dentro, pero su compañero miró el reloj y dijo: «Solo has aguantado un minuto».

Ahora la sensación de claustrofobia no resultaba tan intensa como en aquella ocasión, pero aun así había algo en el salón de Áki que se la había traído a la memoria.

Se puso en pie.

—Encantada de conocerlo. Gracias por recibirme tan tarde, sin previo aviso.

Áki también se levantó.

—El placer ha sido mío, Hulda. No dude en ponerse en contacto si puedo ayudarla en algo en este caso. —Le tendió la mano y se despidieron con un apretón. Añadió entonces—: Por supuesto, yo me pondré en contacto con usted si me entero de algo. —Se rio—. Aunque pocas veces las cosas son así de excitantes en el sector de la venta al por mayor. Hulda, Hulda Hermannsdóttir, ¿no es así? —concluyó, y esta vez ella percibió a la perfección la amenaza que escondían sus palabras.

X

El día de la excursión había llegado. Ella permanecía de pie a cierta distancia mientras veía cómo él preparaba dos mochilas; una era para ella.

—¿De verdad necesito todo esto? —preguntó al darse cuenta de que quizá ese viaje iba a ser más difícil de lo que había imaginado.

Él asintió con la cabeza y le aseguró que llevaban lo imprescindible: ahí había un saco de dormir que la mantendría con vida durante las frías noches, algo de comida, una bufanda gorda, un par de manoplas que parecían demasiado grandes para ella, un gorro de lana y una botella vacía. Cuando ella preguntó si no debería llenarla de agua, él se rio.

—No olvides que estamos en Islandia; aquí sobra el agua limpia. Vamos a pasar la noche en un refugio de montaña —añadió—, y el agua de los riachuelos allí es más pura y mejor que cualquier agua que salga del grifo.

Y cuando ya creía que no cabía nada más en la mochila, él añadió una linterna y sus correspondientes pilas y anunció que ahora sí que le parecía que estaban listos. Ella levantó su equipaje con esfuerzo, suspirando y quejándose de que pesaba demasiado.

—Qué tontería —contestó él—. No lo notarás cuando lo tengas a la espalda. Luego necesitarás estos... —Extendió la mano para coger unos bastones y los fijó a la mochila.

Tras meter las dos mochilas en el todoterreno, le preguntó si sabía esquiar. Ella negó con la cabeza, viendo una pequeña posibilidad de salida: le aseguró que no se había puesto esquíes en la vida y que seguramente era demasiado tarde para empezar ahora. Que quizá fuera mejor que renunciaran al viaje. Él se rio otra vez y dijo que no iba a permitir que se rajara a las primeras de cambio. Se marchó y regresó al rato con un par de esquíes, sus correspondientes bastones y una enorme cuerda.

Ella le preguntó si pensaba irse a esquiar sin ella y él dijo que era una cuestión de seguridad, por si sucedía algún percance y tenía que ir a buscar ayuda. Al darse cuenta de que ella tenía los ojos fijos en la cuerda, explicó que la llevaban por si el coche se quedaba atascado en la nieve.

—¿Crees que puede pasar? —preguntó con el alma en vilo.

—No, no, en absoluto —replicó él, tranquilizador.

Y ella lo creyó.

Se acomodó en el asiento del copiloto y él arrancó el vehículo, y justo entonces pareció acordarse de algo. Le dijo que esperase un minuto y saltó del coche. Ella lo siguió con la mirada por el retrovisor y lo vio regresar enseguida con dos hachas. Se asustó. Él las colocó en el maletero y volvió a sentarse al volante.

—¿Eso eran... hachas? —Su voz temblaba ligeramente, aunque hacía lo que podía para disimular la inquietud que la había embargado.

—Son piolets, uno para cada uno.

—¿Para qué necesitamos piolets? —preguntó—. No quiero correr riesgos; no tengo ninguna experiencia en cosas así.

—No te preocupes, son solo por precaución. Es mejor estar preparados para cualquier eventualidad. No será nada peligroso, solo una aventura.

Solo una aventura.

XI

Hulda recordaba perfectamente el día de la muerte de Jón.

Había trabajado hasta tarde, algo habitual en ella, investigando un incidente violento que se había producido en el centro de Reikiavik. No estaba oficialmente a cargo del caso, pero aun así, había llevado la mayor parte del peso de la investigación. Ese tipo de incidentes eran frecuentes durante los fines de semana, cuando los bares abrían hasta tarde. Luego llegaba la hora del cierre y todo el mundo seguía la fiesta en las calles, donde se creaba un ambiente carnavalesco. A menudo se desfasaban de más con el alcohol y la policía tenía que intervenir; si los incidentes eran graves, terminaban en acusaciones formales.

Era jueves y Hulda había pasado la semana interrogando a varios testigos y tratando de esclarecer quién había atacado al joven en cuestión, que seguía hospitalizado.

Ya era casi medianoche cuando regresó a su casa, en Álftanes.

Era su casa, sí, pero había dejado de ser su hogar hacía mucho.

Jón y ella rara vez se dirigían la palabra.

Todo en esa casa se le antojaba frío y lúgubre, desde los árboles del exterior hasta la atmósfera del interior o los muebles, incluso la cama. Habían dejado de compartir habitación tiempo atrás.

Cuando llegó, Jón seguía tumbado en el suelo del salón, completamente inmóvil, completamente muerto.

Al principio, los paramédicos que llegaron con la ambulancia fingieron que aún podían hacer algo por él y trataron de consolar a Hulda con frases esperanzadoras aunque carentes de sentido, pero estaba claro que era demasiado tarde. Hacía rato que había muerto.

«Tenía problemas de corazón», eso fue lo único que ella alcanzó a decir. Luego llegaron dos jóvenes agentes. Hulda los conocía a ambos, aunque no eran amigos suyos: no tenía amigos en la policía. Subió a la ambulancia y fue al hospital sentada al lado de Jón.

A partir de aquella tarde estaría sola en el mundo.

XII

No estaba segura de por qué razón la había invitado a esa excursión.

La mayor parte del tiempo le parecía un tipo agradable, aunque a ratos era demasiado intenso, y eso la incomodaba un poco. Pero él le había asegurado que eran amigos, y a ella no le venía nada mal contar con un amigo en ese extraño país.

No podía evitar tener la sensación de que, sin embargo, él quería algo más que una simple relación de amistad, que albergaba sentimientos más fuertes por ella, aunque ella tenía claro que nunca pasaría nada entre ambos.

De hecho, había estado a punto de rechazar su invitación de ir de escapada fuera de la ciudad, pero al final pensó que no estaría mal, por una vez, aprovechar para disfrutar un poco de la vida. Además, estaba bastante segura de que él no intentaría nada, y trató de convencerse de que lo único que quería era tener un gesto amable con ella.

Después de todo, ¿qué era lo peor que podía ocurrir?

XIII

La madre había perdido el empleo, aunque no le sorprendía demasiado. Desde el primer momento, su jefe le había dejado claro que para él esa niña era un estorbo; prefería contratar a mujeres sin hijos porque podían concentrarse más en el trabajo y eran una mano de obra más fiable.

Al final, un día le comunicó que no hacía falta que fuese a trabajar al día siguiente. Ella protestó aduciendo que si iba a despedirla tenía derecho a varios días de preaviso, pero él se negó a cambiar de opinión y le soltó que no le debía ni una corona. Los siguientes días fueron una pesadilla: la pequeña notaba la tensión de su madre y estaba más inquieta que de costumbre. Intentó calcular cuánto tiempo podría arreglárselas con lo poco que tenía ahorrado: durante cuánto tiempo tendría lo suficiente para comprar comida, o cuánto pasaría hasta que la echaran del pisito alquilado. Y los cálculos tenían mala pinta, daba igual cuántas veces los hiciera.

No le quedó más remedio que tragarse su orgullo y volver a mudarse a casa de sus padres; esta vez acompañada de su hija. El matrimonio no tardó en encariñarse con la pequeña, pero mantuvo una actitud distante y fría hacia la madre. El abuelo y la niña crearon un vínculo especialmente fuerte; él le leía cuentos y jugaba con ella. En paralelo se diría que la relación entre madre e hija se iba debilitando, hasta que un buen día, para colmo de males, la pequeña dejó de llamarla «mamá».

XIV

Aún había bastante luz cuando se pusieron en marcha. Una vez fuera de la zona urbana, el tráfico fue disminuyendo, hasta que al final tomaron un desvío por una carretera que a ella le daba la impresión de ser muy poco transitada. Avanzaron hasta toparse con una cadena tendida entre dos palos, de lado a lado, con un cartel que parecía prohibir el paso.

Se volvió hacia él y le preguntó si la carretera estaba cerrada.

Él asintió con la cabeza antes de girar el volante, sacar el coche del camino y volver a subirlo al otro lado del cartel y la cadena.

—¿Esto es seguro? —preguntó ella—. ¿Podemos conducir por una carretera cerrada?

Él contestó que la carretera en realidad no estaba cerrada, solo era una señal de que estaba impracticable por la nieve.

Otra vez esa sensación de inquietud, de que hubiera sido mejor prescindir de ese viaje por completo.

—¿Impracticable? —Clavó los ojos en él.

—No te preocupes —repitió el hombre con una sonrisa, dando unos golpecitos en el volante—. Espera a que este cuatro por cuatro demuestre lo que vale.

A pesar del tiempo invernal, dentro del vehículo hacía calor; la calefacción bombeaba aire caliente sin descanso. Pensó en el coche de sus padres. El sistema de climatización nunca había funcionado.

Contempló el paisaje y la nieve, fascinada aunque un poco asustada por toda esa vastedad sin árboles. Todo era blanco, hasta donde alcanzaba la vista, aunque de vez en cuando se divisaba algo negro a lo lejos. A lo mejor eran piedras o matas de hierba. Una débil bruma azulada envolvía las montañas; la belleza lo abarcaba todo. Y ahí había tanta paz..., eso le parecía. No habían recorrido una gran distancia en coche, pero se diría que estaban solos en el mundo. Allí resultaría terriblemente fácil perderse.

De pronto derraparon sobre la nieve espesa que cubría la carretera y el susto la sacó de sus pensamientos. El coche iba dando bandazos y, por un instante, tuvo la sensación de que se estaban saliendo del camino, de que el vehículo estaba a punto de volcar. Pero solo fue una falsa alarma.

La radio escupía un torrente de palabras que

ella no entendía. Una enumeración incesante de datos, conjeturó.

Al final, preguntó qué diablos estaba diciendo el locutor.

—Es el parte meteorológico —contestó su compañero de viaje.

—¿Y cuál es el pronóstico?

—No es demasiado bueno. Caerá una fuerte nevada.

—¿Y no deberíamos...? —vaciló antes de soltarlo—. ¿No deberíamos dar la vuelta?

—Para nada. ¡Un poco de mal tiempo solo lo hace más emocionante!

XV

Cuando le sonó el móvil, Hulda se encontraba de pie junto al famoso puesto de perritos calientes de la calle Tryggvagata, tomándose un tentempié bajo el sol vespertino. Ese pequeño puesto ya había logrado convertir los perritos calientes en plato nacional mucho antes de que la comida para llevar arraigase en el país, y logró la aprobación a nivel internacional cuando un expresidente de Estados Unidos, de visita en la ciudad, se detuvo a comerse uno.

No podía quitarse de la cabeza la conversación con Áki, aunque era obvio que ese hombre no encajaba en la descripción del tipo que había recogido a Elena en el todoterreno, de acuerdo con el relato de Dóra; una lástima, porque le habría ido de perlas: podría haberlo relacionado con Elena y hacer avanzar el caso un poco. No perdía de vista que estaba metida en una carrera contrarreloj.

Perrito caliente y refresco en mano, procuró coger la llamada sin ponerse la chaqueta perdida de Coca-Cola, mostaza, kétchup y salsa *remoulade*; un juego de malabares que había perfeccionado tras años de práctica. Hulda era clienta habitual de ese establecimiento: siempre había sido un sitio popular, pero en los últimos años la afluencia de turistas extranjeros hacía la cola de espera bastante más larga. En ese momento había varios alrededor, tanto esperando su turno en la fila, como intentando zamparse un perrito de la manera más aseada posible.

—Hulda. Soy Albert Albertsson.

La voz del abogado resultaba tan dulce como la otra vez, inspiraba confianza desde la primera palabra y, por un instante, Hulda tuvo la sensación de que iba a darle buenas noticias. Un hombre con una voz así no podía ser portador de malas nuevas.

—Hola, Albert.

—¿Cómo vas con... la investigación?

—Ahí vamos.

—Bien. Te llamo porque he encontrado algunos documentos relacionados con Elena; solo quería que lo supieras. Estaban en el archivador que tengo en casa.

Hulda creyó percibir cierta ironía cuando Albert mencionó el archivador casero y, al recordar el caos de su despacho, se preguntó si no lo habría encontrado más bien al fondo de alguna pila de papeles. Sea como fuere, las noticias eran buenas;

unos documentos adicionales le podrían dar más pistas, y falta que le hacía.

—Estupendo —dijo ella.

—Mañana por la mañana tengo que ir a la cárcel de Litla-Hraun a ver a un cliente, pero puedo llevártelos a la oficina por la tarde. ¿Quieres pasar por mi despacho entonces?

Hulda se lo pensó.

—No, prefiero ir a por ellos ahora. ¿Dices que estás en casa?

—Sí, estoy en casa, pero a punto de salir; de hecho, ya voy con retraso. Pero, bueno, si te corre tanta prisa puedo dejárselos a mi hermano. Vive conmigo. Le doy a él el sobre.

—Bien, ¿dónde vives?

Le dio las señas y volvió a preguntar cómo avanzaba la investigación y si realmente creía que Elena había sido asesinada.

—Estoy convencida —contestó Hulda, y se despidió del abogado.

La noche todavía era joven y los documentos no le urgían tanto como había dado a entender, pero le sentaba bien tener algo que hacer. Cualquier cosa antes que regresar sola a casa y tratar de dormir, a sabiendas de que estaba un día más cerca de su jubilación, un día más cerca del vacío que se abría ante ella.

XVI

A pesar del calor que hacía dentro del coche, se estremeció. Su instinto le dijo que no debería estar ahí, que había cometido un error al aceptar su propuesta, y aunque no había sucedido nada en concreto que justificase esa sensación, se dio cuenta de que respiraba anormalmente rápido. Pensó que quizá se debía a ese vacío inhumano del paisaje islandés, a la inmensa blancura de la nieve que parecía borrarlo todo.

—¿Te gusta vivir aquí? —preguntó para contrarrestar la sensación de pánico que empezaba a invadirla.

—Claro —respondió él—. Bueno, al menos eso creo. Es cierto que puede costar acostumbrarse al tiempo islandés, y que los veranos son muy cortos, pero disfruto bastante del frío y la nieve. ¿A ti también te pasa, al ser rusa?

Ella se limitó a asentir con la cabeza.

—Creo que aprenderás a apreciarlo —añadió él en tono amistoso.

Estaba siendo amable, no tenía razones para asustarse.

Aunque por supuesto lo que sí la asustaba era su perspectiva de futuro, no obtener el permiso de residencia en Islandia y lo que iba a ocurrirle si se lo denegaban.

Trató de relajarse y de respirar con normalidad. Ya se preocuparía por su futuro mañana, hoy había decidido disfrutar del viaje. Todo iba a salir bien.

XVII

Era finales de verano, ya había pasado más o menos un año desde la muerte de Jón.

Hulda estaba de pie en la cima del Esja, el monte alargado y de cumbre llana que se alzaba al norte de la bahía de Faxaflói desde Reikiavik. La excursión no era exigente, estaba acostumbrada a subir montes más altos en las Tierras Altas, pero este siempre le había gustado especialmente. Estaba lo bastante cerca de la ciudad para ir después del trabajo durante los largos y luminosos atardeceres que brindaban la primavera y el verano, y a paso ligero podías llegar a la cima en menos de una hora.

Había estado bastante desanimada durante todo el día en el trabajo, y había decidido que no le vendría mal hacer esa caminata ella sola; había otros excursionistas, claro, pero Hulda estaba inmersa en su propio mundo interior, respirando el aire fresco de la montaña y disfrutando de las increíbles vistas del suroeste de Islandia, desde la expansión urbana de Reikiavik a un lado de la bahía hasta la península de Reykjanes más al sur y, al este, la vasta extensión despoblada de las Tierras Altas y las capas de hielo.

Se estaba haciendo tarde, y sabía que pronto tendría que emprender el camino de vuelta, pero quería posponer ese momento todo lo posible. Ahí arriba estaba en su elemento; desde ese lugar casi podía olvidarlo todo. Casi.

En su interior sabía que, una vez llegase a casa y se quedase dormida, las pesadillas de cada noche regresarían acompañadas de la misma pregunta: «¿Debería haberlo sabido, haberme dado cuenta antes?».

XVIII

Vio como el sol crepuscular asomaba a través de las nubes en el espejo retrovisor, aunque quizá fuese más apropiado hablar todavía de sol vespertino. En esa época del año la noche parecía caer pronto en Islandia, pero aún tenían algo de tiempo antes de que la oscuridad se impusiera.

La nieve sobre la pista era cada vez más espesa y llegó el momento que ella estaba temiendo: el coche se quedó atascado en un montón de nieve, las ruedas dando vueltas en el vacío, sin posibilidad de agarre, y el motor rugiendo con fuerza. Él lo apagó y le dijo que no se preocupara, que saliera del vehículo y estirase las piernas un rato.

Le sentó bien abandonar la atmósfera caliente pero cargada de la calefacción y respirar un poco de aire fresco, limpio y gélido. Por suerte iba bien abrigada; él se había ocupado de ello, de modo que el frío invernal resultó más revitalizante que incómodo.

Dio unos cuantos pasos a un lado y a otro, manteniéndose cerca del coche por miedo a salirse de la pista, sin saber qué se ocultaba bajo la nieve. Él le sonrió de nuevo y le aseguró que no pasaba nada. La nieve crujía y las pisada que dejaban eran las únicas señales de presencia humana en ese lugar, rodeado de una increíble vastedad en todas direcciones. Estaban completamente solos hasta donde alcanzaba la vista y, sin embargo, no se sentía tan inquieta como al principio del viaje. ¿Qué era lo peor que podía pasar?

Vio cómo él desinflaba ligeramente los neumáticos para aumentar la superficie de contacto y cómo se ponía de nuevo al volante, arrancaba el coche y lo sacaba centímetro a centímetro de su prisión de nieve hasta que, al fin, quedó liberado. En ese mismo instante comenzaron a caer los primeros copos, que se posaron con delicadeza sobre ella, ligeros como plumas.

XIX

El día que el abuelo de la chiquilla formuló su propuesta, un sol espléndido resplandecía sobre la capital islandesa. La madre se encontraba en el patio trasero de la casa, al abrigo del viento del norte, observando cómo su hija jugaba al aire libre: era precioso verla, parecía inusualmente feliz. A lo mejor era injusto decir que una niña tan pequeña pudiera ser infeliz, pero aun así pocas veces tenía un aspecto tan risueño.

La propuesta le cayó a la madre como un rayo en un cielo sereno. No se lo esperaba, y mucho menos que viniera de su padre, el abuelo que tan bien había conectado con esa nieta inesperada. Creyó notarle en la voz que quizá no lo decía de corazón, que quizá solo se hacía eco de los deseos de su esposa, la abuela de la niña, quien desde el primer momento se había mostrado negativa, recelosa y descontenta. Había repetido más de una vez que no era en absoluto conveniente que una mujer diese a luz a un bastardo, daba igual lo maravilloso que fuese luego el pequeño; aseguraba que algo así solo traía vergüenza sobre la familia al completo, tanto sobre la madre como sobre los abuelos maternos.

Y allí al sol, en el patio, el abuelo volvió a proponerle que entregara a la niña en acogida, o incluso que se planteara una adopción permanente. Le habló de un matrimonio en el este del país que podría darle a la cría todo lo que necesitase, una vida mucho mejor que la que jamás llegaría a tener en Reikiavik con ellos. Buena gente, dijo, pero sus palabras carecían de convicción. Tal vez esa gente no era tan buena, o tal vez ni a él mismo le parecía una buena idea. Pero la hija escuchó sus palabras, consciente de que le costaría negarle nada al hombre que se había ocupado de que tuvieran un techo bajo el que cobijarse. Ella no podía mantener a las dos por sí sola. Había fracasado en el primer intento y necesitaba tiempo para intentarlo una segunda vez.

Y por eso prometió, con lágrimas en los ojos, que lo pensaría.

XX

El chalet del abogado, en una zona residencial del barrio de Grafarvogur, le recordaba a Hulda a la casa que habían compartido Jón y ella en Álftanes. El entorno era diferente, claro está, pero la casa tenía algo —tal vez ese aspecto acogedor aunque pasado de moda— que le provocó una asociación de ideas; quizá no se necesitaba mucho para que eso sucediera. Últimamente, tras el anuncio de la jubilación anticipada, su memoria volaba a los viejos tiempos con inusitada frecuencia. Y su relación con Pétur también la había removido bastante; les quedaba mucho por hablar.

Llamó al timbre de la puerta y esperó. El hombre que la abrió era bastante más bajo que Albert, pero el parecido entre los dos hermanos resultaba evidente. Este daba la impresión de tener algunos años más que el abogado —puede que incluso diez más, le calculó Hulda—, y estaba bastante más gordo.

—Usted debe de ser Hulda —dijo el hombre, sonriente; la voz sedosa, como de locutor radiofónico, también habría revelado el parentesco con Albert.

—Correcto.

—Entre, por favor.

Lo siguió hasta un salón decorado con muebles dispares, la mayoría desfasados hacía tiempo, en opinión de Hulda y su muy poco crítico sentido de la moda. El principal adorno de la sala consistía en un antiguo televisor de tubo y, frente a él, un enorme sillón que tenía pinta de ser muy cómodo.

—Me llamo Baldur Albertsson, soy el hermano de Albert.

Albert y Baldur: sus padres no se habían molestado mucho en hojear la guía de nombres para bebés al decidir cómo llamar a sus hijos, pensó Hulda. Se dio cuenta al instante de algo en lo que debería haberse fijado enseguida: el hermano de Albert encajaba a la perfección con la descripción que Dóra había dado del hombre del todoterreno que recogió a Elena en el albergue: bajo y con sobrepeso. Contuvo el aliento, mientras trataba de templar sus esperanzas. Era muy improbable que el hermano del abogado fuera el hombre que buscaba. Pero ¿y si en efecto lo era? Desde luego tenía una conexión con el caso, aunque fuese tangencial. Además, debía admitir que la vaga descripción de Dóra podría encajar con un buen número de islandeses. De cualquier manera, Hulda sabía que debía aprovechar la oportunidad y hablar un poco con Baldur. Se le pasó por la cabeza preguntarle directamente, pero algo le dijo que eso sería poco inteligente. Era mejor que Dóra lo reconociera antes. Después le apretaría las clavijas.

Recordó lo mal que se había sentido en casa de Áki y lo comparó con la acogedora sensación que tenía en ese instante, dentro de aquella casa. A pesar de sus sospechas sobre Baldur Albertsson, le parecía una presencia afable, en absoluto amenazadora.

—Si no lo he malinterpretado hace un rato, Albert no está en casa, ¿verdad? —dijo Hulda por hablar de algo.

—Sí, está en una reunión. Siempre tiene mucho trabajo.

—¿Usted también es abogado?

Baldur soltó una risa de cortesía; una respuesta ensayada hasta la saciedad, le pareció a Hulda. Sin duda le habían hecho esa pregunta un sinfín de veces.

—No, por Dios. Eso es cosa de mi hermano Albert, el primer y único abogado de la familia. Yo..., yo estoy sin trabajo ahora mismo.

—Ajá —dijo Hulda, y esperó; sabía por experiencia que muchas veces las preguntas directas eran innecesarias.

—Albert es muy amable al dejar que me quede aquí... —Hizo una breve pausa—. Quizá ese no sea el verbo adecuado; más bien se podría decir que vivo aquí, y ya llevo dos años, desde que perdí el trabajo. Esta casa era de nuestros padres, pero Albert se la compró cuando ellos se mudaron a una más pequeña.

Hulda dudó un instante, procurando elegir las palabras con esmero:

—Sí, ese es un buen arreglo, sin duda... Si ustedes se llevan bien, claro.

—Sí, desde luego. Eso nunca ha sido un problema. ¿Le puedo ofrecer un café?

Hulda asintió. No se perdía nada por intentar saber algo más de ese hombre, por si acaso estuviera en el ajo. De todas formas, él parecía tener más necesidad de compañía que de cafeína.

Tardó un buen rato en traer el café, y al final ni siquiera estaba demasiado bueno. De todos modos, solo era una excusa para quedarse un rato a charlar con él.

Había aprovechado la espera para echar una ojeada alrededor del salón en busca de fotografías de Baldur: necesitaba una para enseñársela a Dóra. Su móvil tenía cámara, y había pensado sacar una foto de la foto, por así decirlo, aunque la calidad de la imagen no habría sido gran cosa: su móvil era un modelo viejo y ajado. Para su decepción, no vio ninguna. Se preguntó si sería capaz de sacarle una en persona sin que se diese cuenta, aunque ella, por su parte, no era especialmente mañosa para esas cosas digitales, ni tenía la agilidad suficiente en las manos como para hacerlo sin despertar sospechas.

Estaban sentados a una gran mesa de salón y se le pasó por la cabeza que habría preferido pasar ese rato con Pétur antes que con ese hombre. Pero para eso, a lo mejor, tampoco era demasiado tarde todavía; las lindes del día y de la noche no existían en esa época del año; la noche solo era un estado mental. Al acordarse de Pétur, se le coló sigilosamente en el pensamiento la sospecha de que tal vez sí se había hartado de su empleo y de que, a fin de cuentas, podría estar muy bien la perspectiva de gozar de numerosas noches libres, sin inconvenientes por el trabajo, ni directa, ni indirectamente. Estaba demasiado acostumbrada a llevarse trabajo a casa, incluso cuando no era en absoluto necesario. Con la mente siempre sobrerrevolucionada, incapaz de desconectar del todo de sus investigaciones. Jón solía quejarse de eso, pero ella era así, qué le vamos a hacer.

—Un café estupendo —mintió Hulda—. De todos modos, solo me puedo quedar un ratito. Tengo mucho trabajo. —Dio un sorbo al café.

—Yo lo intenté una vez —dijo Baldur—. Entrar en la policía, quiero decir. No tuve éxito. —Se dio unas palmaditas en la barriga—. Nunca he estado en suficiente buena forma, y ya es demasiado tarde para remediar eso. Albert siempre ha sido el delgado de los dos.

No había amargura alguna en sus palabras, y

era la segunda vez que elogiaba así a su hermano. Antes había mencionado que Albert había sido el primer licenciado en Derecho de la familia. Parecía albergar una sincera admiración por él, sin una pizca de envidia.

—¿Él es más joven o mayor que usted? —indagó Hulda, aunque creía saber la respuesta.

—Él es diez años menor que yo; supongo que lo habrá notado. Un regalito sorpresa para nuestros padres.

—¿Y acepta muchos casos de estos?

—¿De cuáles?

—Como abogado para solicitantes de asilo, quiero decir.

—Sí, eso creo. Para él, las causas de derechos humanos son más importantes que el dinero.

—Pero le pagarán, espero.

—Sí, claro, pero lo hace sobre todo por la gente. Le gusta ayudar.

—¿A qué se dedicaba usted? —Hulda se atrevió con el tercer sorbo, pero el sabor era tan horroroso que tuvo que dejar la taza en la mesa.

—¿Yo?

—Antes de mudarse aquí, antes de perder el empleo.

De repente, el móvil de Hulda sonó con estrépito. Estaba en la mesa, junto a la taza. La inspectora dejó escapar un jadeo al ver que era Magnús quien llamaba. La persona que menos deseaba oír en ese instante. Suspiró y valoró contestar, pero luego decidió que podía esperar a otro momento. Sin saber muy bien cómo apagar el sonido en medio de una llamada —si es que se podía—, lo cortó en seco colgando a Magnús, pero aprovechó la ocasión para activar la cámara del móvil, con la esperanza de tomar una foto sin que Baldur se diera cuenta. Tras bastante lío de botones, lo logró: abrió la cámara, pulsó la captura de foto y el maldito clic resonó por el salón. Miró con cara de apurada a su interlocutor.

—Perdone, es que no me apaño con este teléfono. Intentaba silenciarlo.

—Sí, yo no soy mucho mejor con esas cosas —dijo Baldur, y no pareció importarle que lo fotografiaran, si es que se había enterado de lo que Hulda acababa de hacer. Y ahora, ella tenía una foto—. Trabajé como portero de una finca durante unos años —continuó él—, pero quisieron recortar gastos y yo fui uno de los primeros despedidos. Aparte de eso, me he movido bastante, sin quedarme mucho tiempo en ningún sitio. Solía trabajar para comerciantes, trabajos físicos, ¿comprende?

Hulda tuvo que admitir que no veía a Baldur en el papel de asesino; a decir verdad, tenía pinta de no haber matado ni a una mosca. Por supuesto, las apariencias engañan, pero solía calar bien a la gente tras décadas de trabajo policial y de trato con toda clase de personas, honestas o deshonestas. Aun así, su juicio no era infalible, desde luego. Le había fallado estrepitosamente al menos en una ocasión... Y ese error le había cambiado la vida para siempre.

E incluso si estaba en lo cierto y Baldur era incapaz de asesinar a una mujer a sangre fría, aún era posible que estuviera relacionado de algún modo con la muerte de Elena. Quizá había aceptado en un momento dado un trabajito turbio, pero bien pagado, y había acabado conociendo a la gente equivocada.

—Su hermano tenía algunos documentos para mí —le recordó Hulda con educación.

Baldur no pudo ocultar su chasco. Seguramente contaba con pasar un rato más charlando y saboreando ese café imbebible.

—Desde luego. —Se levantó y salió del salón. Regresó de inmediato con un sobre marrón—. Tenga. No sé qué es, pero ojalá le sea de utilidad. Albert debería saberlo, como antiguo policía.

Hulda resistió la tentación de corregir este extremo: Albert nunca había trabajado como policía, sino como abogado de la policía.

—Ajá —respondió sin mojarse. La inspectora se puso en pie y miró su reloj para indicar que tenía que irse.

—¿Trabajó usted con él? —preguntó Baldur con la intención obvia de alargar un poco más la charla.

—No directamente, pero me acuerdo bastante de él. Se lo consideraba muy bueno —contestó, aunque no tenía ni idea de si en efecto era así.

Baldur sonrió.

—Da gusto saber eso.

Seguía mostrando la misma actitud sincera y afable. Ese breve encuentro bastó para que Hulda prácticamente lo descartara del caso, pero tendría que ser Dóra quien lo confirmara al ver la foto.

Se despidió y se forzó a esperar a abrir el sobre hasta estar fuera, porque su curiosidad era tanta que estuvo a punto de sacar los documentos de golpe delante de Baldur.

Se llevó una buena decepción al ver que los papeles, unos diez folios, estaban todos en ruso. Los hojeó una y otra vez con la esperanza de encontrar algo inteligible, repasando el texto en todas y cada una de las páginas, pero resultó inútil. No tenía la más remota idea de qué información contenían esas hojas. Algunas estaban escritas a mano, otras a ordenador, y algunos de los documentos mostraban a las claras que eran oficiales.

Sacó su móvil y empezó a darle vueltas a si solicitar la presencia de un traductor jurado, pero eso también podía esperar hasta mañana. Aprovecharía mejor el tiempo si iba al albergue de Njardvík y le enseñaba la fotografía de Baldur a Dóra; así dejaría atado ese extremo del caso.

No, los documentos eran prioritarios. Estaba a punto de llamar y pedir un traductor del ruso cuando le llegó un mensaje al móvil, con su correspondiente jaleo. Era de su superior, Magnús, al que ella debía una llamada: «¡Reúnete conmigo ahora mismo en mi oficina!». Los signos de exclamación decían más que muchas palabras. Se sobresaltó y su corazón dio un latido de más. Desde luego no le caía bien Magnús, y ahora menos que nunca. A veces, si sabía que su interlocutor era de la misma opinión, hablaba mal de él a sus espaldas, y en mil ocasiones lo había maldecido por dentro por toda clase de motivos, pero sobre todo por su ineptitud en el trabajo. Aun así, a fin de cuentas era su jefe, y el mensaje cumplió su cometido. Hulda apartó cualquier idea sobre la traducción de los documentos o la visita a Dóra, de momento al menos. Era obvio que la esperaba una reprimenda, y esa era una experiencia totalmente nueva para ella.

XXI

La nieve había cesado tras las primeras ráfagas, pero el cielo continuaba cargado de nubes que prometían nuevas nevadas.

De repente, sin previo aviso, él dio un brusco volantazo, sacó el coche de la pista y puso rumbo a las vastedades salvajes, hacia una sierra en lontananza. Ella se sobresaltó.

—¿Esto es una carretera? —preguntó.

Él negó con la cabeza.

—Ni mucho menos. Estamos conduciendo sobre la placa de hielo. Aquí empieza la diversión.

El terreno estaba en su mayor parte cubierto de nieve, y tras un breve silencio, ella preguntó si no había peligro de que pudieran destruir algo. Y si eso, en definitiva, estaba permitido. Había algo en esa naturaleza intacta que le tocaba la fibra sensible: la sensación de que iban adentrándose en una tierra incógnita, donde nadie había puesto un pie antes y donde, en realidad, nadie debería estar.

—No seas tonta, pues claro que está permitido —le espetó.

Ella no supo cómo tomárselo ni cómo reaccionar. Debía admitir que no lo conocía demasiado bien. ¿Cabía la posibilidad de que existiese una faceta oscura, oculta detrás de esa fachada amigable?

Intentó sacudirse esa sensación.

—¿Quieres llevarlo? —preguntó él.

—¿Qué?

—Que si quieres llevarlo —repitió él—. Conducir el todoterreno.

—No podría. Nunca he conducido un todoterreno, ni tampoco he llevado un coche por una superficie como esta, y menos todavía con tantísima nieve.

—No digas bobadas, inténtalo —contestó él, de nuevo un poco bronco.

Ella siguió dubitativa y negó con la cabeza.

La reacción de él fue frenar en seco y apagar el motor, allí en mitad de la nada, en la nieve. La carretera quedaba ya lejos, por detrás, y aún más lejos estaban las montañas hacia donde al parecer se dirigían.

—Ahora tú tomas el relevo —dijo él, y se apeó del coche para rodearlo y abrir la puerta del copiloto—. No tiene ningún misterio. Es pan comido. Te prometí una aventura, ¿recuerdas?

Ella se bajó vacilante de su asiento y rodeó el coche sobre el grueso manto de nieve hasta sentarse al volante. El vehículo era de cambio manual, y ella estaba acostumbrada a coches así. Arrancó a paso de tortuga, avanzando lentamente, abriéndose paso con esfuerzo a través de la nieve.

—Puedes ir más rápido que esto —dijo él, y ella cambió con cuidado a segunda y aceleró un poco—. Por ahí, a la derecha, es mejor —añadió él con los ojos clavados en la pantalla borrosa de un GPS que había fijado al parabrisas—. Ahora acelera. Tenemos que esquivar esas matas de hierba.

Ella dio un volantazo. Las condiciones no dejaban mucho margen para el error, y durante unos segundos tuvo la sensación de que no iba a poder girar, de que perdería el control del todoterreno y acabarían volcando. Tenía el corazón desbocado, pero el coche logró abrirse camino.

—Es muy jodido quedarse atascado en estas cuestas —dijo él a modo de explicación. Y volvió la vista a la pantalla del GPS—. Ahora estás cruzando un río —añadió entre risas.

—¿Cruzando un río? ¿En serio? ¿Hay un río aquí debajo, bajo la nieve? —Otra vez su corazón dio un brinco.

—Claro, aquí hay agua en todas partes, bajo el hielo.

—¿Y esto es completamente seguro?

—Pues... —Reflexionó—. ¡Esperemos que el hielo no ceda bajo nuestros pies ahora mismo!

Ella aferró con más fuerza el volante sin darse cuenta, y la risa con la que él subrayó sus palabras solo sirvió para empeorar sus miedos.

XXII

Habían llegado al este. La casa del matrimonio se encontraba en la ladera de una montaña en el sureste de Islandia, junto a la costa, cerca de las grandes extensiones de arenas negras que había entre el glaciar Vatnajökull y el mar. Había pocas edificaciones en esta comarca tan remota, de una belleza natural innegable. La finca lindaba con las aguas y, desde la entrada, donde la madre se hallaba en este momento, sujetando la mano de su hija, se desplegaban unas vistas majestuosas sobre espacios abiertos, montañas y el océano. Nunca antes había visitado esa parte del país, donde ahora debía despedirse de su hija para siempre. Dejarla atrás, en brazos de extraños, en ese solitario lugar.

Pese a sus intentos de contener las lágrimas, era obvio que su padre había notado su reticencia, y no paraba de elogiar a ese matrimonio tan generoso y de remarcar lo saludable que resultaría para la niña criarse en el campo, rodeada de naturaleza y del aire puro del mar. Le aseguró que la pequeña se adaptaría deprisa; ya había cambiado de residencia y de entorno una vez en la vida y, aunque tal vez no fuese justo obligarla a hacerlo de nuevo tan pronto, era preferible zanjarlo cuanto antes. A fin de cuentas, ¿qué la aguardaba en las eternas penurias de Reikiavik? Ninguno de ellos tenía dinero a raudales, ni mucho menos, todo sería una constante lucha por ganarse el pan y eso tenía su efecto sobre los niños. La niña merecía algo mejor. Ninguno de los dos mencionó que el matrimonio se había ofrecido a cubrir todos los costes de la familia, y que la compensación excedía con mucho los gastos empleados en llevar hasta allí a la niña. Aunque ni uno ni otra lo mencionaron, ambos sabían que en realidad estaban vendiendo a la pequeña por una gran cantidad de dinero, que les facilitaría sustancialmente la vida. Dinero sucio, eso era. La madre ya había decidido que no tocaría un solo céntimo. El abuelo podía hacer lo que le diera la gana: saldar deudas, por ejemplo. Aunque, por mucho que le costara reconocerlo, lo cierto era que eso también la beneficiaría de forma directa e indirecta mientras siguiese viviendo con sus padres.

Se quedó atrás, de pie a cierta distancia, apretándole la mano a la niña mientras el padre subía a paso lento hasta la casa. Los dueños ya debían de saber que habían llegado; no había nadie más en los alrededores.

La madre notó que la pequeña había empezado a temblar. Quizá era el viento fresco que soplaba en la ladera a pesar del hermoso día cálido y soleado, o a lo mejor era que comenzaba a darse cuenta de que algo importante, algo terrible, estaba a punto de suceder.

«¿Cómo he podido dejarme arrastrar y llegar a esto?», se preguntaba la madre una y otra vez, mientras observaba a su padre.

Cogió a la niñita en brazos y la estrechó contra su pecho, intentando alejar el frío y los temblores. Habían hecho un largo recorrido para llegar allí, primero en avión y después en automóvil. Un joven, probablemente al servicio del matrimonio, había ido a buscarlos al aeródromo. Seguía sentado en el coche, seguramente con instrucciones de no meter baza en la conversación en ciernes.

Un hombre que había dejado bien atrás la mediana edad abrió la puerta y les dio una cálida bienvenida. Y ya no hubo vuelta atrás. Las lágrimas empezaron a rodar por las mejillas de la madre y, al verlo, la niña también comenzó a llorar. Los dos hombres les echaron un ojo a madre e hija para luego seguir hablando; eran viejos amigos. Ellas dos solo eran actrices secundarias que interpretaban su papel en el gran teatro de las cosas. Había cierta ironía en el hecho de que la abuela de la niña no se hubiera visto capaz de acompañarlos, ya que resultaba evidente que ella había sido la principal instigadora.

La madre reparó en cómo la pequeña se tranquilizaba rápidamente entre sus brazos. Fue entonces cuando por fin se sintió como la verdadera madre de la niña y no solo como la chica tras el cristal, y deseó, quizá contra toda esperanza, que su hija la viese del mismo modo.

Su padre las llamó para que entrasen. Ella vaciló, con todas las dudas aflorando de pronto a la superficie. Dio unos pasos en dirección a la casa, pero acto seguido se detuvo. Ahora los dos cónyuges estaban en el vano de la puerta. Sonreían con cierta dulzura, pero era como si les faltase sinceridad, como si lo hicieran para conseguir su conformidad.

Y de repente lo tuvo claro: no pensaba poner un pie en esa casa, no pensaba dejar a la pequeña Hulda con ellos.

—Me vuelvo a casa —dijo al fin con voz clara y en un tono que a ella misma le sorprendió por su firmeza. Su padre la miró, sin decir nada al principio—. Me vuelvo a casa —repitió—, y Hulda se viene conmigo.

Ahora su padre se acercó a ellas y las abrazó a las dos.

—Vale, de acuerdo —dijo—. Tú decides.

Sonreía.

Ella abrazaba con fuerza a su pequeña, decidida a no dejarla jamás.

XXIII

Hulda llevaba un buen rato sentada en su coche delante de la comisaría, incapaz de reunir el coraje necesario para enfrentarse a la conversación con Magnús. No es que se arrepintiera de nada: mirar más de cerca la muerte de Elena había sido una decisión acertada, y no tenía intención de abandonar el caso así como así. Y también había sido necesario hablar con Áki, aunque quizá tendría que haberse apresurado menos, haberse preparado mejor. Lo habría hecho, de haber contado con más tiempo.

Antes de darse cuenta había agarrado su móvil y llamado a Pétur, que contestó de inmediato.

—Hulda, querida —dijo en tono alegre—. Estaba esperando tu llamada.

Siempre parecía de buen humor, positivo, ecuánime. Sí, a ella le caía muy bien, ¿cómo podría no gustarle?

—¿Ah, sí? —Lamentó en el acto su escueta respuesta, motivada más por la sorpresa ante la afirmación de Pétur que por alguna intención de sonar maleducada.

—Sí, creía que a lo mejor nos volveríamos a ver esta noche. Había pensado cocinar algo en mi casa.

—Sí, eso sería muy agradable —dijo Hulda, engañada durante un momento por la luminosidad vespertina reinante, olvidando que la hora de la cena hacía un buen rato que había pasado—. Quiero decir... Eso habría estado muy bien.

—Hagámoslo, entonces: me pongo a cocinar ahora. Ya tengo todos los ingredientes, incluida una excelente carne de cordero. La pongo en la parrilla mientras te espero. No habrás cenado, ¿verdad?

—¿Qué? No, no. —El perrito caliente no contaba: una mentirijilla no haría daño—. Me hace mucha ilusión.

Se dio cuenta de que le faltaba el aliento, estresada por la reunión con Magnús, pero confió en que Pétur no lo notase y no se pusiera a hacerle preguntas incómodas.

Tenía que admitir que la idea de visitar a Pétur le alegraba en cierto modo el corazón. Necesitaba hablar con alguien. Sobre Elena y el caso. Sobre el fin de su carrera profesional. Y, a decir verdad, sobre algunas cosas más, con Pétur en particular.

—Estupendo. ¿Estás ya en camino? ¿Cuánto tardarás?

—Antes tengo que pasar por comisaría, pero será rápido. —Al menos, eso esperaba.

El pasillo que conducía hasta el despacho de Magnús parecía más largo que nunca. La puerta estaba abierta y él alzó los ojos justo cuando Hulda se preparaba para dar unos golpecitos en el cristal y avisar de su llegada. Tenía el ceño fruncido y cara de pocos amigos, y ella se dio cuenta en el acto de que iba a ser una reunión difícil. Tuvo la impresión de que si Magnús estaba allí a esas horas, en esa bella noche de primavera, era solo por ella. ¿En qué demonios se había equivocado? ¿Tendría que haber obtenido un permiso expreso para reabrir la investigación? ¿O era que Áki había tirado de algunos hilos y se había quejado de ella? Imaginaba que un hombre como él tendría amigos influyentes en las altas esferas.

—Siéntate —bramó Magnús.

En circunstancias normales se habría ofendido, pero en esta ocasión estaba demasiado nerviosa para ello. Se sentó frente a su jefe y esperó sin abrir la boca.

—¿Te has presentado en casa de Áki Brjánn Ákason hoy por la tarde?

Ella asintió con la cabeza. No tenía sentido negarlo.

—¡¿En qué demonios estabas pensando?!

Ahora la irritación de Magnús parecía haberse

transformado en pura ira. Hulda se sobresaltó; desde luego había esperado un tirón de orejas, pero no contaba con verlo tan furioso.

—¿A qué te refieres?... Estaba comprobando...

—Sí, vamos, ya puedes justificarlo —la interrumpió—. ¡Maldita sea! No quiero verme obligado a echarte apenas unos días antes de que te jubiles.

Hulda hizo de tripas corazón.

—Recibí información que lo relacionaba con una red de trata de blancas y prostitución, o algo por el estilo.

—¿Y dónde recibiste esta información?

Hulda no estaba por la labor de defraudar la confianza de Karen.

—Solo fue un informante, no puedo revelar su identidad..., pero por lo general lo que *él* me dice es de fiar.

¿Acaso Karen le había proporcionado información incorrecta? ¿Se había presentado en la casa de un honorable mayorista para acusarlo de participar en actividades propias del crimen organizado? ¡Esa sí que sería una buena metedura de pata!

—¿Y por qué diablos, si se puede saber, estás investigando una red de trata de blancas? —preguntó Magnús en un tono que rayaba en el desprecio.

—Me dijiste que escogiera un caso.

—¿Que escogieras un caso? —Parecía sorprendido.

—Sí, un caso en el que trabajar hasta que tuviera que dejar mi empleo.

—Ah, ya veo... No pensé ni por un momento que te lo fueras a tomar al pie de la letra. Solo lo dije por decir, di por hecho que te largarías a casa, que te lo tomarías con calma, que te dedicarías a jugar al golf o a lo que sea que hagas.

—Hago senderismo.

—Bueno, pues suponía que te dedicarías a subir montañas. ¿Por qué coño estás investigando no sé qué caso sin informarme de ello?

—Creía que tenía tu visto bueno. —La voz se había vuelto más estable y el ritmo cardiaco más sosegado; iba recuperando sus armas.

—¿Y qué caso es ese?

—El de la chica rusa que murió; la que hallaron en la cala de Vatnsleysuströnd.

—Ya veo, ¿no era ese un caso de Alexander? Quedó resuelto hace siglos.

—No estoy tan segura de eso. Su investigación fue una chapuza.

—¿Qué quieres decir? —preguntó Magnús, algo brusco.

—Venga ya, Magnús, sabes tan bien como yo que los métodos de Alexander dejan mucho que desear, en el mejor de los casos.

Hulda se sorprendió un poco ante sus propio temple. Eso último era algo que llevaba tiempo queriendo decir, pero no se había atrevido nunca. Desde luego, ahora no tenía nada que perder.

Magnús no contestó enseguida, aunque finalmente admitió:

—Puede que no sea nuestro mejor detective, pero...

—Ya no importa. Solo te pido que confíes en mí; creo que ahí hay algo, algo que se nos ha escapado. Si la asesinaron, entonces es nuestro deber averiguarlo.

—No... No, el caso está cerrado, se acabó —dijo él, aunque con cierto titubeo.

—No me puedes dar la patada así como así. Debo de tener algunos derechos, después de todos estos años.

Magnús guardó silencio unos segundos, y luego preguntó sin más:

—¿Y qué pinta Áki en todo esto?

—Es posible que trajesen aquí a la chica rusa para trabajar en la prostitución. Presentaré mis excusas si me han dado información errónea; no era mi intención molestar a un hombre inocente.

—¿A un hombre inocente? —Magnús se rio, aunque no parecía nada divertido—. Es más culpable que el demonio. Y ese es el quid de la cuestión, maldita sea.

—¿Qué quieres decir?

—Que el tipo dirige un amplia red de prostitución: chicas extranjeras que llegan a Islandia con este único fin, queriendo o sin querer.

—¿Y se ha quejado de mí?

—¿Estás loca? No hemos tenido noticias suyas,

pero te las has arreglado para poner patas arriba una investigación de meses. Los tenemos a él y a su casa bajo estricta vigilancia, y hasta donde sabíamos, el tipo no tenía ni puta idea de ello. No hasta esta tarde, gracias a ti.

Hulda se quedó abrumada.

—¿Quieres decir que yo...?

—Sí, tú... Teníamos montado un dispositivo, nuestra gente te vio entrar en la casa, pero para entonces ya era tarde: el daño estaba hecho. No hay manera de saber qué está haciendo el hombre ahora mismo, si estará dando la alarma a sus cómplices de alguna manera, destruyendo pruebas... Mientras tú y yo hablamos, hay una reunión de crisis en marcha para decidir si ahora debemos detener o no a ese individuo. El problema es que necesitaban más tiempo para recopilar pruebas contra él. Es un puto desastre. Y te van a echar la culpa a ti. Y acto seguido me la echarán a mí.

—No sé qué decir. Es que no tenía ni idea...

—¡Pues claro que no tenías ni idea! No lo consultaste con nadie antes. Siempre el mismo problema contigo: la absoluta falta de colaboración. —Magnús dio un puñetazo en la mesa—. Siempre la misma historia.

Hulda torció el gesto al oírlo.

—No siempre he tenido opción en esos asuntos, ¿sabes? Tus amiguetes y tú no habéis sido lo que se dice muy cooperativos a lo largo de los años. A veces me ha tocado lidiar a mí sola con los casos porque nadie se ofrecía a trabajar conmigo. Los hombres hicisteis piña, y a mí me dejasteis fuera. No me estoy quejando, ya es un poco tarde para eso y no es mi estilo, pero quiero que te enteres de cómo ha sido antes de que la próxima mujer tenga que pasar por lo mismo.

Magnús pareció sorprendido por esta reacción.

—Yo te he respaldado a ti exactamente igual que a otros en este departamento. No tengo por qué aguantar semejantes insinuaciones.

—Si lo sabes de sobra... —Hulda se encogió de hombros—. Mira, de todas formas, estoy a punto de dejarlo. Esto ya no me concierne.

—Creo que esta reunión ya ha durado lo suficiente. El caso está cerrado.

Ahora fue Hulda quien dio un puñetazo en la mesa. No paraba de sorprenderse a sí misma. Una ira acumulada explotaba.

—No. Necesito más tiempo para acabar con este caso. Creo que me lo debes.

Magnús se había quedado inmóvil, inexpresivo.

—Necesito unos días, tal vez una semana. Te mantendré informado para no volver a entorpecer la labor de los demás compañeros. Fue totalmente involuntario, como bien sabes.

—Bueno —dijo él tras reflexionar, aunque no parecía para nada conforme con la decisión que acababa de tomar—. Tendrás un día.

—¡¿Un día?! Eso no basta, en absoluto.

—Por mis muertos que tendrá que bastar. Estoy harto de esto. Mañana madrugas y punto. Este es el trato: mañana te dejo a tu aire, ¿estamos?, pero pasado mañana vuelves aquí, despejas tu escritorio y te vas por ahí a disfrutar de tus años dorados.

XXIV

Estaba oscureciendo.

Tras conducir durante un rato, había adquirido bastante destreza en el manejo del todoterreno por la nieve. El vehículo respondía bien y la nieve dura parecía soportar el peso.

Él tenía razón, al fin y al cabo. Todo esto formaba parte de la experiencia, parte de la aventura que ella andaba buscando. Se arrepentía de haberse mostrado tan titubeante.

Cuando ya casi habían alcanzado la falda de la montaña, él la sustituyó al volante. Poco después fue reduciendo la velocidad hasta detenerse por completo.

—Ya está. Dejaremos el coche aquí.

Ella salió bajo una ligera nevada y miró alrededor.

—¿Vamos a subir por ahí, montaña arriba? —preguntó.

Él negó con la cabeza.

—No, no todo el camino; solo hasta el valle que hay ahí detrás. La ruta será un poco exigente, te lo advierto.

La oscuridad se les echaba encima a toda velocidad, pero ella tenía la esperanza de que lograsen llegar hasta su destino con todavía algo de luz. Sin ni siquiera las lejanas luces de alguna zona urbana, nada, salvo la nieve y la montaña, la negrura lo devoraría todo.

—¿Habrá..., habrá más gente por aquí?

—Aquí no llega ni Dios —contestó él con firmeza.

Se había puesto a descargar las cosas del coche. Las mochilas ya estaban sobre la nieve, junto con el resto del equipamiento. Metió la mano en una de ellas y sacó un suéter grueso, un típico jersey de lana islandés, le pareció a ella.

—Venga, ponte esto; si no, vas a morirte de frío —dijo sonriente. En la penumbra de la tarde resultaba difícil discernir qué clase de sonrisa era.

Obedeció sin rechistar y se quitó antes que nada la gruesa parka. Entonces, por primera vez, notó cuánto frío hacía al aire libre. Un escalofrío la recorrió de pies a cabeza. Probablemente solo era el frío, se convenció, pero tal vez..., tal vez sentía miedo.

Él le tendió una de las mochilas y ella consiguió a duras penas ponérsela a la espalda. Luego la ayudó con los enganches y fijó el piolet en el macuto.

Echaron a andar, pero al poco rato se dio cuenta de que había olvidado ponerse las manoplas. Solo llevaban en marcha unos minutos y ya tenía los dedos entumecidos por el frío. Llamó al hombre, le pidió que la ayudase a buscarlas en la mochila, y eso hizo. Luego retomaron la marcha hasta que él se detuvo.

—Intentaremos subir hasta ahí arriba. ¿Te ves capaz?

Ella alzó la mirada hacia una ladera cubierta de nieve; bajo la luz menguante y con los copos metiéndosele en los ojos resultaba imposible divisar la cumbre.

—¿Te ves capaz? —volvió a preguntar.

Ella asintió con la cabeza, reticente, y esperó a que él arrancase a caminar.

—Ve tú delante —dijo él tras un breve silencio.

Ella no dio crédito a lo que estaba oyendo, desde luego no iba a enfrentarse a esa pendiente sola y sin ayuda.

—¿Yo? ¿Por qué?

—Desde aquí abajo no alcanzo a ver la firmeza de la nieve de ahí arriba —contestó—. Si hay una avalancha, puedo sacarte cavando.

Ella se quedó paralizada un momento, sin saber si estaba o no de broma, aunque temía que hablara en serio.

El hombre le entregó los bastones de caminar que colgaban de la mochila y le dijo que se pusiera en marcha. Ella arrancó con sumo cuidado. Al prin-

cipio la pendiente no era muy pronunciada, pero iba en aumento conforme subía. Intentaba concentrarse en cada paso que daba, uno tras otro, mirando al suelo, procurando mantener el equilibrio. De vez en cuando echaba un vistazo hacia arriba, pero la nieve y el talud se fusionaban en un todo y no conseguía divisar de ningún modo dónde acababa el cerro. Cada vez se hacía más difícil seguir adelante y cada vez le costaba más encontrar puntos de apoyo. Empezaba a resbalarse en cuanto trataba de subir más, en ocasiones necesitaba varios intentos para avanzar y ascender, a duras penas, unos pocos centímetros. Trataba de esculpir una especie de escalones en la nieve con la punta de sus botas, pero sin mucho éxito. Hasta que en un aterrador instante sintió que perdía el equilibrio y se deslizó patinando media ladera abajo.

XXV

Unas cuantas nubes dispersas asomaban por encima de los altos abetos del jardín de Pétur, en el barrio de Fossvogur, como pintadas a gruesas pinceladas en la bóveda celeste; por lo demás, el cielo estaba despejado, aunque el sol comenzaba a declinar, con el tardío ocaso acercándose. Normalmente esa era su época preferida del año, la que la llenaba de energía, pero esta vez las circunstancias resultaban inusuales. Tras la reunión con Magnús no le quedaban fuerzas para seguir con el caso; Elena tendría que esperar hasta mañana.

Pétur acudió a abrir antes de que ella tuviera ocasión de llamar a la puerta; seguramente habría estado atento a su llegada desde la ventana de la cocina. Se sentía exhausta, pero intentó que no se le notara.

—Pasa, Hulda, querida.

Su talante era cálido, como el de un médico

que habla con su paciente más antiguo. Tenía puesta la mesa del salón, que también servía de comedor: vino tinto y carne de cordero de lo más tentadora, salida directamente de la barbacoa, cuyo aroma era tal que Hulda se dio cuenta al momento de lo hambrienta que estaba en realidad.

—Qué buena pinta —dijo.

Él le ofreció asiento y ella lo aceptó agradecida, necesitaba un descanso. Pétur se dirigió a la cocina. Era una sensación rara estar sentada allí. En cierto modo se sentía como una intrusa, como si se encontrase en el sitio equivocado, como una visita indeseada en casa ajena. Pero por otro lado se sentía como si hubiese vuelto a casa. Tal vez era el jardín que veía a través de la ventana del salón, que le recordaba un poco al de Álftanes.

Hacía calor en casa de Pétur, pero sobre todo reinaba un ambiente acogedor, hogareño. Sí, ella bien podría imaginarse viviendo ahí, disfrutando de la mutua compañía, cocinando juntos, tomando una copa de vino por la noche...

—¿Has tenido un día largo? —preguntó Pétur mientras se aproximaba con un cuenco de ensalada—. El mío ha sido más bien tranquilo, a decir verdad. Ya aprenderás a valorar la jubilación, una mujer en buena forma como tú, aficionada a la vida al aire libre. —Sonrió.

—Supongo que sí —contestó Hulda en tono fatigado—. Pero sí, ha sido... un día difícil.

Pétur se sentó.

—Buen provecho. Cómetela mientras esté caliente. Normalmente esta carne a la brasa sale muy rica, es un placer poder cocinar para alguien.

—Gracias.

Probó un bocado y vio que él no había exagerado un ápice: saltaba a la vista que era un excelente cocinero. Eso era todo un punto a su favor.

—¿Qué ha pasado?

—¿Cómo?

—Hoy. Veo por tu cara que ha pasado algo.

Hulda lo pensó un instante. No tenía reparos en hablar del caso, confiaba plenamente en Pétur en ese sentido, pero no estaba segura de si debería contarle lo de la reunión con Magnús. En parte se avergonzaba por su metedura de pata, pese a que su intención había sido buena.

—He tenido una reunión con mi jefe —dijo al final, tras un silencio que resultó bastante largo, aunque de ningún modo incómodo—. Quiere que deje la investigación.

—¿De inmediato?

—Sí.

—¿Por qué? ¿Y lo vas a hacer?

—Interrogué a quien no debía. Es una larga historia, pero básicamente mi investigación ha interferido en otro caso que está en marcha. Por supuesto, yo no tenía ni idea de eso, pero debo admitir que no he sido lo que se dice muy aplicada a la hora de mantener al tanto de mi caso a mi superior. De hecho, él no tenía la menor idea de qué estaba investigando. —Hulda suspiró—. Y el detective que llevó el caso en su día también está que trina conmigo. No sé qué hacer, la verdad...

—Seguro que se arreglará, estoy convencido. —Pétur se mostraba ponderado, como de costumbre—. Si te conozco bien, no vas a tirar la toalla.

Hulda se rio.

—No, he conseguido un día más. Mi último día.

—Entonces, más te vale aprovecharlo bien.

—Y que lo digas —contestó ella antes de levantar su copa y dar un primer sorbo—. ¡De modo que esta vez debo tener cuidado con el vino!

—Así que después de mañana estás libre. ¡Enhorabuena!

—Desde luego sabes mirar el lado positivo de las cosas.

—Deberíamos celebrar el final de tu carrera, ¿no?

—Si tú quieres. De todas maneras, esta es prácticamente una cena de gala, realmente exquisita —dijo Hulda en tono cariñoso.

—Podríamos subir a pie el monte Esja, ¿qué te parece? Me encanta el Esja. Ya he perdido la cuenta de las veces que he ido, pero nunca me cansa. No todo el mundo tiene la suerte de contar con semejante montaña prácticamente en su patio trasero. Y las vistas de la capital desde allí en un día despejado...

—No me tienes que convencer, me apunto encantada —contestó Hulda, sintiendo verdadera ilusión por primera vez en mucho tiempo.

Hasta se le pasó por la cabeza dejar a Elena definitivamente de lado, ponerse a sí misma en primer lugar y acceder al deseo de Magnús de abandonar el trabajo de inmediato. Estuvo a punto de sugerir que subieran al Esja mañana mismo.

Pero las palabras se quedaron sin decir, en la punta de la lengua.

—Sí, pasado mañana, sin falta —dijo al fin—. Me reservo el día de mañana para la investigación.

Y nada más decirlo la embargó la poderosa, la inquietante sensación de haber tomado la decisión equivocada.

Por segunda noche consecutiva bebieron demasiado vino tinto. Hulda había comenzado a preocuparse por el día siguiente: temía no ser capaz de aprovecharlo lo suficiente, que se le pegasen las sábanas o levantarse de resaca. Pero Pétur parecía muy a gusto con ella, y desde luego ella se sentía a gusto con él. Era ya más de medianoche. El tiempo había volado. Conversar les resultaba muy fácil y natural. Reticente ante la idea de poner fin a una maravillosa velada, Hulda se enderezó en el sofá de cuero.

Estaban ya sentados uno al lado del otro, separados por una distancia prudencial. Obviamente, Pétur evitaba estar demasiado cerca. Era todo un caballero.

—Anoche me contaste que no llegaste a conocer a tu padre —dijo él.

Hulda asintió con un movimiento de cabeza.

—¿Y tu madre se casó alguna vez? ¿O te crio sola?

—No, nunca se casó. Vivíamos en casa de mis abuelos —contestó Hulda—. Mi abuelo y yo éramos muy amigos; creo que es la relación más fuerte que he tenido. Imagino que porque en cierto modo nos parecíamos mucho. Se puede decir que él fue el puente con esa parte de mi familia. Siempre hubo distancia entre mi madre y yo, pero mi abuelo lograba que yo sintiese que tenía una familia, no sé si me entiendes. Nunca conocí a la familia de mi padre. Y sin mi abuelo, creo que las habría pasado canutas.

Pétur asintió y ella percibió que la comprendía.

—Me hubiera gustado conocer a mi padre... —continuó a media voz, algo decaída.

Notaba que estaba a punto de romper a llorar y trató de contener las lágrimas. Ya iba un poco achispada por el vino y lo sabía, pero se sentía demasiado bien para dejar de beber. No enseguida, al menos.

—¿Cómo fue lo de criarse con una madre soltera en aquellos años? —Pétur cambió de tema con elegancia, aunque sin alejarse del núcleo de su charla—. Hoy en día eso no se considera nada del otro mundo, pero recuerdo cómo la gente hablaba de uno de mis compañeros de clase porque no tenía padre; quiero decir que nadie sabía quién era su padre.

—Fue duro. —Hulda se rellenó la copa vacía—. Muy difícil. Recuerdo que ella cambiaba muy a menudo de empleo. En aquellos tiempos no era habitual que las mujeres trabajasen fuera del hogar, como sabes, y además, no podía acudir al trabajo todo lo que quisiera por mi culpa. Fue una lucha eterna. Se puede decir que éramos bastante pobres; creo que puedo utilizar esa palabra. Teníamos un techo bajo el que cobijarnos, eso sí, porque gozábamos de la suerte de vivir con los abuelos. Y siempre hubo un plato de comida sobre la mesa, pero poco más; ninguno de nosotros podía permitirse nada. Eso lo noté al crecer, como te puedes imaginar...

—La verdad es que no me lo puedo imaginar del todo —dijo Pétur con voz serena—. Mi padre era médico, como yo, y tuvimos una vida acomodada. Por fortuna. Lo peor de la pobreza es cómo repercute en los niños.

—De todos modos, lo que sí te puedo decir... —Hulda calló a media frase, mientras reflexionaba a través de los vapores etílicos del tinto.

¿Cuánto podría confiar a ese hombre? ¿Podría fiarse de él? Por otro lado, a lo mejor era bueno, sano, hablar del pasado de vez en cuando. Llevaba demasiado tiempo encerrada en sí misma, a lo mejor esa era la ocasión que había estado esperando. Nunca había podido hablar de cosas íntimas en comisaría; allí nadie tenía interés por los éxitos y fracasos de la vida de una mujer de sesenta y cuatro años. Además, sus amigos, sus verdaderos amigos, también se podían contar con los dedos de una mano en el mejor de los casos. Decidió arriesgarse:

—Lo que sí te puedo decir es que todo aquello podría haber sido muy distinto.

—¿Ah, sí? —preguntó Pétur con voz clara, y a Hulda se le pasó por la cabeza que tal vez había bebido algo más que él.

—Mi madre me envió a una especie de guardería, a una casa cuna, nada más nacer. Lo supe por mi abuelo, ella no lo mencionó nunca. Se consideraba lo recomendable en aquellos años cuando una mujer tenía un hijo fuera del matrimonio. El abuelo insinuó que él y la abuela la habían presionado para que lo hiciese, y creo que él lo lamentaba. Me dijo que literalmente me arrebataron de los brazos de mi madre al poco de nacer. ¿Te acuerdas de aquellas casas cuna?

—Personalmente no, pero, por supuesto, las conozco de oídas —contestó Pétur.

—Por lo visto mi madre venía a menudo de visita, lo cual, de todos modos, era natural. El abuelo dijo que se había sentido muy orgulloso de ella. Y, según él, mi madre corrió a buscarme en cuanto logró reunir algo de dinero. Estaba en su derecho, pero creo que esas estancias a menudo, o a veces, acababan con los bebés entregados en adopción.

—¿Estuviste allí mucho tiempo?

—Casi dos años, tengo entendido. Y eso no es todo: durante ese tiempo a mi madre nunca le permitieron cogerme, abrazarme. Todos los contactos entre madres e hijos se hacían a través de unos cristales de separación, al menos es lo que me contaron. Por lo visto se consideraba que era demasiado duro para los niños tener que despedirse una y otra vez con un abrazo de sus madres.

—Como es lógico, tú no te acuerdas de... —Pétur dejó la frase en el aire.

—No, no me acuerdo de nada —respondió Hulda—. Pero una vez visité el edificio que había albergado aquella casa cuna. De eso hace la tira de tiempo, décadas. Pero lo que noté al franquear la puerta fue muy raro. Tuve una sensación muy fuerte de haber estado allí antes. Casi me mareé. El cristal de separación había desaparecido, pero lo he visto en fotografías. Y al pasar por una de las habitaciones, una que tenía la puerta cerrada, me detuve de pronto por puro instinto y le pregunté a la mujer que me acompañaba si los niños dormían allí dentro. Asintió con la cabeza, me dijo que así había sido. Luego me abrió la puerta y supe... Sí, sencillamente lo supe, supe que yo había dormido ahí, en ese cuarto en concreto. No tienes por qué creerme, pero aquello fue una experiencia extrañísima.

—Te creo —aseguró Pétur, otra vez raudo en sus respuestas, siempre escogiendo las palabras correctas.

—Una cosa sí recuerdo —dijo Hulda—, iban a darme en adopción. Fue después de que yo hubiera vuelto con mi madre; vivíamos con los abuelos. Había un matrimonio en el este que quería adoptarme. Eso también me lo contó mi abuelo, no ella. No tengo razones para dudar de su palabra y, en este caso, conservo algún recuerdo vago. Me acuerdo de un vuelo a provincias, tuvo que ser al este de Islandia, eso concuerda con la ubicación. El matrimonio vivía entre las grandes arenas negras, ahí en el sureste, en la provincia de Skaftafellssýsla, las comunicaciones con esa zona eran muy complicadas en aquel entonces. Y aquel viaje se me quedó grabado en la memoria, a pesar de que solo era una cría. Nunca íbamos a ningún lado, así que aquello debió de ser un acontecimiento tan fuera de lo común que los recuerdos permanecen imborrables, aunque muy fraccionados.

—Dime una cosa. —Pétur titubeó un poco, inseguro de si debía continuar—. Quizá sea meterme donde no me llaman...

—Dispara. —Hulda lo lamentó en el acto.

—Bueno... Si pudieras escoger ahora, con la perspectiva que da el tiempo, ¿habrías preferido criarte con tu madre o con alguna otra persona?

La pregunta la impactó de lleno, tal vez porque ella misma se la había hecho muchas veces, casi inconscientemente, sin llegar jamás a una conclusión. ¿Había tenido una infancia feliz? No del todo, quizá en absoluto. Pero no había forma de saber si hubiese sido mejor en otra casa, con otra gente. ¿Importaba el dinero? ¿La pobreza y la eterna lucha por salir adelante habían dejado su huella en Hulda?

Su mente viajó a sus primeros años de vida y trató de evocar recuerdos felices. En uno de ellos estaba sentada en su antigua habitación, escuchando un cuento; no recordaba de qué iba la historia, pero la imagen llegó a su mente vívida y cálida. A su lado estaba su abuelo, no su madre. Recordó luego una excursión a la tienda de la esquina, cuando tenía ocho o nueve años, para gastarse el dinero que había ahorrado tras trabajar con su abuelo todo el verano en pequeñas tareas domésticas de bricolaje; ahora esa tienda llevaba ya varios años cerrada. De nuevo todo tenía que ver con su abuelo, no con su madre, a pesar de que siempre había sido buena con ella.

Se tomó su tiempo antes de contestar.

—He de admitir, entre tú y yo (y pienso culpar al vino tinto si más adelante lamento haber tenido esta conversación), que podría haber tenido una infancia más feliz, aunque es imposible asegurar si una acogida o una adopción hubiesen resuelto todos los problemas. Lo que sí creo, lo que sé, es que mi vida habría sido mejor si me hubiese criado junto a mi madre desde el primer día. Ya sé que se supone que los niños no recuerdan nada de su más tierna infancia, pero una cosa es recordar y otra muy distinta sentir. Creo que pude sentir esa inseguridad, y que ha sido una rémora para mí toda la vida. Y también creo que mi pobre madre cargó con el peso de la culpa desde el día en que me entregó hasta el día de su muerte. Y el remordimiento puede ser una carga tremendamente pesada...

—Perdóname, Hulda, no tenía intención de ser tan... desconsiderado.

—No pasa nada. Una tiene ya sus años y no tiene sentido deplorar el pasado. Lo hecho, hecho está. No se puede hacer más que seguir adelante. Aunque sea inevitable lamentar algunas cosas y permanezcan ahí, al acecho, en tus sueños..., en tus pesadillas. —Hulda dejó caer el silencio mientras deslizaba la mirada por el precioso salón de Pétur y pensaba que, muy probablemente, él no sabía qué era pasar apuros.

Pétur abrió la boca para decir algo, pero ella se adelantó:

—Siempre andas preguntándome cosas. —Sonrió para que no pensara que era un reproche—. Háblame un poco de ti ahora. ¿Construisteis tu mujer y tú esta casa?

—Sí, eso hicimos. Ha sido un sitio estupendo en el que vivir: una buena ubicación, un barrio agradable... Estuvimos a punto de venderla una vez, pero me alegro de que no lo hiciéramos. Me siento muy ligado a esta casa. Guarda muchos recuerdos, tanto buenos como malos, y aquí tengo la intención de quedarme, aunque está claro que es demasiado grande. —Y añadió—: Demasiado grande para una sola persona, quiero decir.

—¿Por qué?

—¿Cómo?

—¿Por qué estuvisteis a punto de vender la casa?

Hulda había percibido cierta inquietud, se le activó el instinto de investigadora y saltó certera sobre aquel intento de evasiva.

Pétur no contestó enseguida. Se levantó y fue a por otra botella de vino tinto. Al regresar, volvió a sentarse en el sofá, todavía a una distancia prudencial de Hulda.

—Llegamos a plantearnos el divorcio; de eso hace más de quince años.

Hulda vio que le costaba rememorarlo. Permaneció callada, esperando; la vieja técnica que siempre funcionaba.

Tras un rato y un trago de tinto, Pétur continuó:

—Ella tuvo una aventura. Duró algunos años sin que yo sintiera la más mínima sospecha. Cuando lo descubrí por casualidad, ella se mudó de casa y yo solicité el divorcio. El proceso estaba a punto de finalizar cuando vino a hablar conmigo y me suplicó que le diera otra oportunidad.

—¿Te resultó fácil perdonarla?

—En realidad, sí. Quizá solo porque era ella, y porque yo no había dejado de amarla en todos esos años. Eso no cambió nunca. Creo que es mi carácter, no me cuesta perdonar. No sé por qué.

Al oírlo, Hulda pensó que tal vez no se parecían tanto como pensaba, al fin y al cabo. Porque desde luego ella no perdonaba tan fácilmente.

—Mencionaste que habías vivido en Álftanes. ¿En una casa unifamiliar? —cambió él de tercio.

—Sí, era... —Escogió las palabras con esmero—. Era un sitio magnífico, junto al mar. Echo de menos el sonido de las olas. ¿Y tú? ¿Alguna vez has vivido en la costa?

—En su día, sí. Mi padre era médico en el este, pero básicamente soy un chico de ciudad, he crecido con el ruido del tráfico y no el rumor del mar. ¿Vendiste la propiedad después de que tu marido muriera?

—Sí, ya no me podía permitir los gastos de mantenimiento.

—Me dijiste que falleció bastante joven, ¿no?

—A los cincuenta años.

—Qué horror.

Hulda asintió con la cabeza.

A pesar de lo sombrío de sus temas de conversación, reinaba una especie de calma en el salón. Fuera, el cielo resplandecía con esa débil penumbra de las noches blancas de mayo. En ese instante sonó su móvil e hizo añicos la calma con su estrépito. Hulda pidió perdón a Pétur con la mirada mientras hundía la mano en su bolso en busca del teléfono enterrado al fondo.

Se llevó una sorpresa al ver quién la llamaba, y encima a esas horas, pasadas las doce de la noche: era la mujer que había atropellado al pederasta; esa a la que Hulda había dado una oportunidad tan grande al fingir que su confesión jamás había tenido lugar. La había comprendido a ella y había comprendido sus actos; y desde luego no quería apartar a una madre de su hijo. No quería oír ni una palabra más sobre ese asunto.

Hulda cortó la llamada sin contestar.

—Perdona, nunca la dejan a una en paz.

—Y que lo digas. —Pétur sonrió.

Hulda dejó el móvil en la mesa, al lado de la botella de vino tinto. La velada no había acabado, ni mucho menos.

El teléfono volvió a sonar.

—Maldita sea —mascculló entre dientes, más alto de lo que pretendía.

—Adelante, contesta —dijo él, amigable—. No hay problema por mi parte.

Pero Hulda no tenía ganas de hablar con esa pobre mujer que sin duda seguiría alterada por el crimen que había cometido, y querría aliviar su conciencia una vez más con la única persona que sabía la verdad. Hulda no tenía la menor intención de convertirse en su confesora, y mucho menos en ese momento. Se sentía bien con Pétur, la noche era joven y no había razón para echar a perder el buen ambiente.

—No, no es nada urgente. De hecho, no entiendo cómo se atreve a llamarme tan tarde... Qué poco considerado por su parte. —Hulda colgó de nuevo y esta vez apagó el móvil—. A ver si así nos dejan en paz.

—¿Más vino? —preguntó Pétur, mirando su copa medio vacía.

—Sí, creo que sí, por qué no. Gracias. Pero la última. Mañana tengo que trabajar, como sabes.

Pétur le sirvió y un largo silencio llenó el salón. A Hulda no se le ocurría nada que decir; estaba demasiado cansada, y el alcohol no ayudaba.

—¿Lo de no tener hijos fue una decisión meditada? —preguntó Pétur, un tanto de sopetón. O quizá solo estaba retomando su conversación sobre el marido de Hulda.

La pregunta la pilló completamente por sorpresa, aunque sabía que antes o después tendría que hablar del tema con él, al menos si su relación continuaba en esa línea.

Se tomó un buen rato para pensar su respuesta. Pétur, como de costumbre, esperó paciente. No dejaba que muchas cosas lo desequilibraran.

—Tuvimos una hija —dijo Hulda al fin, decantándose por la respuesta más directa.

—Perdona, creía que... —Pétur pareció sorprendido, incluso algo desconcertado—. Creía haberte oído decir que... Pensaba que no llegasteis a tener hijos.

—Eso es porque he estado evitando el tema. Tienes que perdonarme, aún me cuesta hablar de esto. —Hulda notaba que su voz estaba a punto de quebrarse, pero consiguió sobreponerse—. Murió.

—No sé qué decir... —replicó Pétur en tono calmado—. Siento muchísimo oír eso...

—Se quitó la vida.

Hulda notó cómo las lágrimas se deslizaban por sus mejillas. Desde luego, no acostumbraba a hablar de esas cosas. Pensaba en su hija todos los días, pero casi nunca hablaba de ella con nadie. Pétur no dijo una palabra.

—Era tan joven... Acababa de cumplir trece años. No volvimos a intentar tener más hijos tras su muerte. Jón ya estaba cerca de los cincuenta, y yo, con diez años menos...

—Dios santo... ¡Cuánto sufrimiento, Hulda!

—Apenas puedo hablar de aquello, perdona. Pero eso es lo que sucedió. Y luego Jón falleció y, desde entonces, la verdad, he estado sola.

—Eso podría estar a punto de cambiar —dijo él, reconfortante.

Hulda intentó sonreír, pero sentía que una abrumadora fatiga hacía presa en ella. Había tenido suficiente por ahora; necesitaba volver a casa.

Pétur pareció intuir con bastante exactitud cómo se sentía.

—Lo dejamos aquí, ¿te parece?

Hulda se encogió de hombros.

—Sí, quizá. Ha sido muy agradable, Pétur.

—¿Repetimos mañana por la noche?

—Sí —contestó ella sin vacilación—. Eso sería estupendo.

—A lo mejor podríamos salir a cenar a algún sitio. Para celebrar tu jubilación. Te invito al restaurante del hotel Holt. ¿Qué tal suena eso?

—¡Vaya! Sí, eso sería fantástico, la verdad. Llevo años sin ir, puede que hasta décadas. Es un sitio muy exclusivo.

El restaurante del Holt era uno de los más elegantes de Reikiavik, y Hulda recordaba perfectamente la última vez que había ido; había sido para celebrar una cena de aniversario, con su marido y su hija. Un acontecimiento, aunque caro, feliz y memorable.

—No puedo someterte al suplicio de aguantar mis artes culinarias noche tras noche. Entonces, está decidido.

Hulda se incorporó y Pétur también, dándole un beso furtivo en la mejilla.

—El cordero estaba para chuparse los dedos; ojalá pudiera cocinar yo así a la brasa.

De camino al recibidor, Pétur preguntó de improviso:

—¿Cómo se llamaba?

Hulda se quedó perpleja. En el fondo sabía qué le estaba preguntando, pero fingió que no, solo por ganar tiempo.

—¿Perdona?

—¿Cómo se llamaba ella, tu hija? —La voz sonaba cálida; su interés, sincero.

De pronto Hulda se dio cuenta de que llevaba muchos años sin pronunciar en voz alta el nombre de su hija, y sintió vergüenza.

—Dimma. Se llamaba Dimma. Un nombre poco frecuente, lo sé.

Significaba «oscuridad».

ÚLTIMO DÍA

I

Hulda se revolvía en la cama, sin ganas de levantarse. Se dio la vuelta una vez más e intentó volver a dormirse, pero no hubo manera. El daño estaba hecho; demasiado tarde para tratar de conciliar el sueño a esas alturas. En los viejos tiempos habría remoloneado hasta tarde, pero conforme iba envejeciendo cada vez le costaba más.

En todo caso, cuando echó un vistazo al reloj de la mesilla se dio cuenta de que había dormido más o menos hasta la misma hora que el día anterior, es decir, mucho más tarde de lo debido.

Tenía que aprovechar el día al máximo para resolver el caso, hasta donde fuera capaz. Al incorporarse, el dolor de cabeza hizo acto de presencia. La noche anterior con Pétur había sido fantástica, pero no se podía permitir beber tanto, le faltaba costumbre: por lo general, solo tomaba una copa de vino con la comida de cuando en cuando, sin jamás pasar de ahí.

Ahora debía sobreponerse a la resaca y concentrarse en la investigación.

Esto último lo hacía más por pura cabezonería que por interés. Incluso por una especie de celo profesional hacia la chica rusa muerta. Pero ante todo para que Magnús no pudiera cantar victoria. Había peleado ese día extra con uñas y dientes, y hoy iba a hacer todo lo que estuviese en su mano por cerrar el caso antes de entregar un informe a última hora de la tarde y despedirse de la comisaría para siempre.

Cayó en la cuenta de que lo que más ilusión le hacía era esa noche, la próxima cita con Pétur. Ya estaba contando las horas que faltaban para su reencuentro en el Holt.

II

Ella intentó ponerse de pie en la nieve, pero era más fácil decirlo que hacerlo con la pesada mochila a la espalda.

—Ven aquí abajo —gritó el hombre.

La mujer descendió a trancas y barrancas, dando las gracias por conseguir llegar sana y salva.

—Dame esos bastones —dijo él—. Nos ponemos los crampones y tú puedes usar el piolet.

Mejor equipada en esta ocasión, volvió a ponerse en marcha con el alma en vilo.

La pendiente seguía siendo difícil, pero ahora, al menos, con la ayuda de los afilados crampones en las botas, lograba un mejor agarre en la dura nieve. Subía a paso de tortuga, palmo a palmo, con la esperanza de no perder pie de nuevo, procurando mirar hacia el suelo, aterrada por la posibilidad de perder el equilibrio y caerse hacia atrás en las partes más escarpadas. Avanzaba un paso tras otro, y de repente sus pasos se volvieron más ligeros. Se dio cuenta de que había superado la zona más pronunciada de la pendiente; lo que quedaba por delante parecía más fácil. Se sentó en la nieve, exhausta, y esperó. La ladera era tan empinada que no podía ver si él había comenzado a subir o cuánto había avanzado, pero recordaba lo que le había dicho sobre el peligro de las avalanchas —medio en broma, al parecer— y le daba miedo llamarlo a voces. ¿Por qué demonios se había dejado arrastrar a algo así?

III

La hora del desayuno había pasado hacía ya un buen rato, pero de todas formas Hulda no tenía el estómago para muchas alegrías. En vez de desayunar, dio un corto paseo hasta la tienda del barrio.

La ciudad lucía un aspecto bastante más sombrío que el día anterior; el cielo se veía gris y encapotado, y soplaba un viento inusualmente fuerte para esa época del año. ¿Acaso la primavera había dicho hola y adiós en un solo día?

El tiempo había logrado ensombrecerle el ánimo. Normalmente no dejaba que el caprichoso clima islandés le crispase los nervios, aunque esta vez deseó que el día hubiera empezado de mejor manera; ese último día de su antigua vida.

Había soñado con Dimma toda la noche pero aun así, por una vez, había dormido bien. Aunque los sueños, por supuesto, habían sido tristes, al menos no hubo rastro de las pesadillas que la habían perseguido todos esos años, casi cada noche. Quizá fuese una coincidencia, pero también se dio cuenta de que le había sentado bien hablar de Dimma, y debía admitir que Pétur sabía escuchar. Tal vez algún día podría contarle más historias sobre su hija, hablarle de lo maravillosa y dulce que había sido.

Hulda recorrió sin rumbo los pasillos del supermercado sin ver nada que le apeteciese, aunque al final salió con lo único que resultó de su agrado: una botella de Coca-Cola y una chocolatina Prins Póló. La chocolatina le trajo a la memoria la época en que Islandia hacía trueques con Europa del Este: chocolate polaco a cambio de pescado islandés. Cuánto había cambiado todo.

La primera tarea del día era conducir hasta la península de Reykjanes e intentar matar dos pájaros de un tiro, incluso más si fuera posible. Tenía que tratar de hablar con la chica siria, si no era demasiado tarde. La habían detenido el día anterior y Hulda se figuraba que estaría confinada en el calabozo de la comisaría de Keflavík, como era costumbre, aunque también cabía la posibilidad de que la hubiera perdido, de que ya la hubiesen expulsado en alguno de los vuelos de la mañana. Por amor de Dios, ¿cómo era posible que no hubiese hecho las gestiones pertinentes para entrevistarse con ella o, al menos, se hubiera preocupado de poner la alarma esa mañana?

También tenía que hablar con Dóra en el albergue de Njardvík y enseñarle la fotografía de Baldur Albertsson. Si no la encontraba, siempre podría enviarle la imagen por correo electrónico, aunque prefería contemplar su reacción con sus propios ojos. Sabía que era dar palos de ciego, pero en ese instante a Hulda le parecía que debía mantener todas las posibilidades abiertas.

Pensó que también estaría bien aprovechar la ocasión e inspeccionar la cala, el lugar donde Elena murió, o, mejor dicho, el lugar donde encontraron su cadáver, porque quizá dejó escapar su último aliento en alguna otra parte.

Hulda se había puesto al volante y en marcha cuando cayó en la cuenta de que no estaba en condiciones de conducir con todo el alcohol que aún seguiría en sus venas. Hacía años que no le pasaba nada parecido. Dio la vuelta de inmediato, regresó a casa y llamó a un taxi, como había hecho la noche previa antes de ir a casa de Pétur.

Era un alivio poder ponerse cómoda sin más y relajarse en el asiento trasero del taxi. Se trataba de un vehículo de gama alta bastante nuevo; volaba por la autovía de Reykjanes con una suavidad y a una velocidad que superaban con creces las condiciones a las que estaba acostumbrada en su viejo Škoda. Un cambio agradable.

Hulda iba observando los campos de lava cubiertos de musgo que dejaban atrás al otro lado de la ventanilla; impresionantes en su simplicidad, pero a la vez monótonos como una melodía que se repite sin cesar. Recordaba haber leído que una parte de la lava que los formaba databa de antes de la colonización de Islandia, en el año 800, y el resto era fruto de erupciones posteriores. Las nubes comenzaban a compactarse según se alejaba de Reikiavik y las primeras gotas de lluvia impactaron sobre las lunas del taxi.

La combinación de la lava y la lluvia tuvo un efecto tranquilizador sobre Hulda. Cerró los ojos no para dormir, sino para acumular fuerzas para la jornada. Una serie de imágenes acudieron a su mente, aunque ya no era Elena quien ocupaba su pensamiento, sino Dimma y, ahora, Pétur.

Debía admitir que pensaba más en Pétur de lo que habría esperado. Era como si de golpe hubiese aceptado los hechos; como si la edad la hubiese pillado por sorpresa, pero estos cambios podían venir acompañados de algo positivo. Y se le pasó por la cabeza que, en efecto, se merecía sentirse bien, trasnochar sin preocupaciones un día entre semana, disfrutar de una botella de vino tinto con un apuesto médico. Olvidar la pesadilla de cuando en cuando. No recibir órdenes de un jefe incompetente que nunca debería haber sido su superior.

Con estos pensamientos fue quedándose profundamente dormida, hasta que el taxista le anunció que ya habían llegado a su destino. Tardó un momento en situarse: la comisaría de Keflavík.

Dormirse en pleno día no era propio de ella, y menos aún en cualquier sitio que no fuera su cama. Hoy debía de haber algo en el aire: nada estaba como debería. Hulda tuvo el presentimiento de que algo iba a pasar; solo que aún no sabía qué era.

IV

La oscuridad les había caído encima, negra como boca de lobo. Él había conseguido subir la pendiente sin contratiempos hasta donde estaba ella, y después habían caminado un rato sobre un terreno llano hasta detenerse y colocarse sendas linternas frontales en la cabeza. Ahora ella podía ver por dónde pisaba, aunque otras cosas resultaban difíciles de distinguir. Preguntó si ya estaban cerca del refugio donde harían noche, y él negó con la cabeza.

—Todavía falta un buen trecho —contestó.

La nieve era tan bella, tan brillante en el haz de la linterna, que a ella casi le parecía un pecado pisarla, romperla. Nunca antes había sentido una conexión tan intensa con la naturaleza, con la paralizante helada envolviendo en misterio el mundo entero en derredor. Intentó alejar sus dudas sobre ese viaje.

Pronto una nieve más blanda y espesa reemplazó las duras placas de hielo. Apagó la linterna y miró alrededor: allá donde mirase, solo había colinas y cerros nevados, y cayó en la cuenta de que sin su compañero de excursión estaría totalmente perdida, sin la menor idea de dónde estaba la cabaña, ni de cuál era el camino de vuelta al coche. Sin él, a buen seguro, moriría congelada en las Tierras Altas de Islandia en pleno invierno.

Un escalofrío la recorrió de arriba abajo al pensarlo.

Volvió a encender la luz y siguió caminando; él se había adelantado unos metros y ella aceleró despreocupadamente el paso. De repente sintió que perdía pie y se hundía en la nieve, y por un momento temió que el agujero en el que había caído sería su tumba. Fue solo una falsa alarma, aunque le costó Dios y ayuda salir del nevero en el que se había hundido, sobre todo por la pesada mochila. Pidió ayuda, al principio en voz baja, después más alto, hasta que él la oyó y dio la vuelta para echarle una mano.

Una vez fuera, siguió andando a cierta distancia de él, oyendo de vez en cuando el lejano murmullo de un río bajo la nieve, un rumor tranquilizador en medio del silencio de las montañas.

De pronto, él se detuvo y miró a su alrededor, como para orientarse. A lo lejos se vislumbraba la oscura silueta de una montaña, con las laderas atravesadas por una quebrada, todo cubierto de nieve.

No tenía ni la más remota idea de dónde se encontraba, pero el magnífico panorama que se abrió ante sus ojos la dejó impresionada.

Aguzó el oído, tratando de intuir el borboteo del río, pero se había quedado mudo. Ahora solo se oía el silencio.

V

—Parece que has tenido suerte —dijo el policía de guardia cuando Hulda hizo lo que pudo para explicarle el motivo de su visita. Era un hombre alto y desgarbado, sin una pizca de grasa, que se había presentado como Ólíver—. Mucha suerte, ya lo creo. La chica siria sigue aquí. La íbamos a enviar de vuelta a casa esta mañana, pero su abogado ha armado no sé qué lío. Ya sabes cómo es esto.

—¿Su abogado no será Albert Albertsson, por casualidad? —preguntó Hulda.

—¿Albert? No me suena. No, el asunto de la siria lo lleva una mujer.

—¿Cómo se llama?

—Nunca me acuerdo del nombre de los abogados.

—No, me refiero a la solicitante de asilo.

—Emm... —Ólíver frunció el ceño—. Espera... Amena, creo. Sí, Amena.

—¿Y por qué la vais a deportar?

—Eso es decisión de algún funcionario. No es asunto mío, en realidad. Yo solo la custodio y me aseguro de que suba al avión.

—¿Puedo hablar con ella?

Ólíver se encogió de hombros.

—Supongo que sí, si es que ella quiere. No te prometo nada. Entenderás que a estas alturas la policía islandesa no es santo de su devoción, que se diga. ¿Por qué quieres hablar con ella?

Pese a tener unos treinta años menos que Hulda, ni su tono ni su actitud denotaban ningún respeto en particular por ella. Eso era algo que le sucedía con frecuencia, y a menudo le irritaba ver cómo los jóvenes iban tomando las riendas en todo, como si de buenas a primeras ella estuviese de más y la experiencia ya no pintara nada.

Hulda suspiró.

—Es por un caso que estoy investigando, de una solicitante de asilo a la que encontraron muerta en una cala aquí cerca, en Vatnsleysuströnd.

Ólíver asintió con la cabeza.

—Sí, me acuerdo. A mi compañero y a mí nos mandaron al lugar de los hechos cuando descubrieron el cuerpo. Era una chica extranjera, ¿no? Una que se cansó de esperar.

—Era rusa.

—Sí, justo.

—¿Qué recuerdas del lugar de los hechos?

—Nada en particular. Solo fue otro suicidio, ya

sabes. —Ólíver frunció el ceño—. La encontraron en la orilla, muerta sí o sí. Ya no había nada que hacer cuando llegamos. ¿Por qué estás trabajando en ese caso?

Le entraron ganas de decirle que no era asunto suyo, pero se mordió la lengua.

—Han aparecido nuevas pistas, pero no puedo entrar en detalles contigo. —Se inclinó un poco hacia delante, para acercarse al agente y susurró en tono confidencial—: Es todo bastante delicado.

Él se limitó a encogerse de hombros. Saltaba a la vista que el asunto le despertaba escaso interés, y de nuevo Hulda tuvo la impresión de que no tenía mucha confianza en que una señora mayor como ella pudiera aportar algo en una investigación policial.

—Bueno, ya que insistes voy a dejarte hablar con ella —le dijo como si estuviera dirigiendo a una niña caprichosa. Ella reprimió su enfado—. Lo que pasa es que nuestras dos salas de entrevistas están ocupadas. ¿Te importaría reunirte con ella en su celda?

Hulda reflexionó, al borde de decir gracias y adiós muy buenas, de olvidarse de esta parte del caso, pero luego lo pensó mejor.

—Sí, sí, eso estaría bien. —Mejor aprovechar al máximo las pocas horas que le quedaban dentro de la policía, intentar dar la talla.

—Ahora vuelvo. —El agente desapareció, y regresó al rato—. Sígueme.

Le señaló el camino hasta la celda y le franqueó el paso, antes de cerrar la puerta con llave a su espalda. A Hulda le entraron escalofríos solo de pensar que estaba encerrada. Cuando se portaba mal, su abuela tenía la costumbre de enviarla al trastero a «pensar en lo que había hecho»; era un cuarto pequeño y oscuro y, para más inri, la abuela siempre la encerraba con llave. Ni su madre ni el abuelo se atrevieron jamás a abrir la boca y llevarle la contraria a la abuela a ese respecto. A lo mejor no les parecía que fuese para tanto; sin embargo, para Hulda, verse encerrada en la oscuridad siempre fue un tormento, y a partir de entonces tuvo problemas para permanecer en espacios estrechos y cerrados. Por eso trató de pensar en otra cosa, en algo positivo. En la velada que tenía por delante con Pétur. En que debía ser fuerte, por ella misma y por Elena.

La chica siria era flaca de cara y parecía cansada, cabizbaja.

—Hola, me llamo Hulda —dijo en inglés, pero la muchacha permanecía sentada en el camastro fijado al muro, el único sitio de la celda donde se podía estar sentado, y no reaccionó. Se le pasó por la cabeza que no era buena idea sentarse a su lado, al menos no al principio, de modo que aguantó de pie junto a la puerta, a una distancia prudencial—. Hulda —repitió, despacio y claro—. Tú te llamas Amena, ¿no?

La chica alzó la mirada y por un instante la fijó

en Hulda, antes de seguir contemplándose las manos con los dedos entrelazados. Era muy joven, seguramente no sobrepasaba los treinta años y quizá andaba más cerca de los veinticinco. Parecía preocupada, incluso temerosa.

Hulda siguió en inglés:

—Soy de la policía.

Justo cuando ya empezaba a creer que Ólíver le había informado mal y que en realidad la chica no hablaba nada de inglés, la joven siria contestó con tono brusco:

—Lo sé.

—Tengo que hablar contigo; solo para hacerte un par de preguntas.

—No.

—¿Por qué no?

—Tú quieres devolverme a mi país.

—Yo no tengo nada que ver con eso —contestó Hulda con voz queda y cálida—. Estoy investigando un caso y creo que tú podrías ayudarme a aclararlo.

—Me estás engañando. Tú quieres mandarme a casa. —Amena clavó en Hulda unos ojos incisivos, llenos de rabia.

—No, esto no tiene nada que ver contigo —dijo la inspectora, a sabiendas de que quizá mentía—. Tiene que ver con una chica que murió. Se llamaba Elena.

Amena pareció recobrar la vida.

—¿Elena? —Seguidamente añadió—. Lo sabía. Por fin.

—¿Qué quieres decir?

—Su muerte. Fue algo extraño. Se lo conté al policía.

—¿Al policía? ¿Era un hombre? ¿Se llamaba Alexander?

—Un hombre, sí. Le dio igual —dijo Amena. Tenía un inglés titubeante, pero de todos modos lograba explicarse bastante bien.

Una vez más, Hulda maldijo para sus adentros la incompetencia de Alexander y sus prejuicios. ¿Qué más había «olvidado» incluir en su informe? Se suponía que el caso estaba resuelto y, aun así, sentía que iba a tientas en la oscuridad.

—¿Por qué te pareció que había algo extraño en su muerte?

—La dejaban seguir aquí. En Islandia. Había recibido un sí. —La joven siria se emocionó y Hulda asintió con la cabeza para hacerle saber que lo había entendido. La otra continuó—: Nadie con un sí hace eso. Saltar al mar. Estaba muy contenta, sentada abajo, en recepción, toda la noche hablando por teléfono. Muy contenta. Todos estábamos muy contentos. Era una buena chica. Buen corazón. Honrada. Vida difícil en Rusia. Y luego..., luego al día siguiente está muerta. Muerta, sin más.

Hulda hizo un gesto de asentimiento, aunque tomó su declaración con pinzas. No podía descartar que la amistad entre las dos chicas, o incluso la fantasía de cómo sería para Amena que le concediesen el asilo en Islandia, deformasen su perspectiva de los hechos.

El espacio cerrado comenzaba a afectar a la inspectora. Había empezado a sudar; se notaba las manos frías y húmedas y el pulso acelerado. Tenía que concluir esa conversación cuanto antes y salir de allí.

—¿Es posible que la trajesen a Islandia para ejercer la prostitución? —inquirió.

La pregunta pareció pillar a Amena por sorpresa.

—¿Qué? ¿Prostituta? ¿Elena? No, no. No, no, no. Seguro que no... —Reflexionó, a lo mejor intentando apartar la semilla de la duda que Hulda acababa de sembrar con su pregunta—. No, no, estoy segura. Elena no era prostituta.

—Vieron a un hombre que fue a recogerla al albergue. Un tipo bajito y con sobrepeso, con un todoterreno, un coche grande. Se me ocurrió que tal vez fuese un cliente...

—No, no. Quizá su abogado. Él tiene un coche grande. —Después agregó—: Pero no es gordo. No me acuerdo de cómo se llama. Yo tengo abogada.

—¿Tienes alguna idea de quién podría ser ese hombre del todoterreno? ¿Alguien a quien Elena conociese?

Amena negó con la cabeza.

—No creo.

Hulda asintió. Estaba ya sudando a raudales y

mentalmente exhausta por la claustrofobia. Iba a dar por concluida la conversación, pero Amena se adelantó antes de que pudiese hacerlo:

—Oye, tienes que ayudarme. Yo te ayudo. No puedo volver a casa. ¡No puedo! —Su voz denotaba desesperación y Hulda se compadeció de ella.

—Pues, dudo que... Pero se lo diré al policía de guardia aquí fuera, ¿vale?

—Pídele que me ayude. Dile que te estoy ayudando a ti. ¡Por favor!

Hulda asintió una vez más e intentó cambiar de tema:

—¿Tienes alguna sospecha sobre lo que le pasó a Elena en realidad? ¿Alguien tenía algún motivo para querer matarla? Y, en ese caso, ¿quién?

—No —replicó Amena sin titubear—. Ni idea. Ella solo conocía a su abogado. No tenía enemigos. Una chica muy buena.

—Bueno. Gracias por la charla, y espero que tus problemas se resuelvan. Ha estado bien encontrar a alguien que conociese a Elena. Es una lástima lo que le pasó. ¿Erais buenas amigas? ¿Amigas íntimas?

—¿Amigas íntimas? —Amena negó con la cabeza—. No, no. Éramos buenas amigas, pero su mejor amiga era Katya.

—¿Katya?

—Sí, también rusa.

—¿Rusa? —Hulda se sobresaltó y por un segundo casi olvidó la sensación de claustrofobia que la embargaba—. ¿Eran dos?

—Sí. Llegaron juntas. Katya y Elena.

«Diablos», pensó Hulda. Seguramente Katya había salido del país hacía meses; le hubiera gustado poder hablar con ella. Tenía que acercarse más a la víctima, aclarar mejor qué pensaba, a quiénes conocía, si temía a alguien. Y cuál era su conexión con una posible red de trata de blancas y tráfico sexual.

—¿Sabes dónde está Katya ahora? —preguntó, aguardando ya un no por respuesta—. ¿Le dieron también permiso de residencia?

—No sé. Nadie lo sabe.

—¿A qué te refieres? —Hulda notó que el corazón se le desbocaba, y eso que ya antes iba a todo galope.

—Desapareció.

—¿Desapareció? ¿Qué quieres decir?

—Sí, desapareció. O se fue. A lo mejor para esconderse. O salió del país. No lo sé.

—¿Cuándo fue eso?

La muchacha pareció pensarlo unos segundos.

—Antes de que Elena muriera. Algunas semanas antes. Puede que un mes. No estoy segura.

—¿Y no os preocupó? ¿Cómo reaccionó la policía?

—Pues... sí, sí. Pero ella se esfumó. Yo tenía que haber hecho lo mismo... Nadie la ha encontrado, creo.

—Y Elena, ¿cómo se lo tomó? Dices que era su mejor amiga.

—Pues... al principio se enfadó. Le pareció que Katya había hecho una estupidez. Creía que las dos iban a conseguir permiso de residencia aquí. Pero luego... —Amena se puso aún más seria—. Luego comenzó a preocuparse. Y mucho.

—¿Había algo que pudiera explicar su desaparición? —preguntó Hulda, sin esperar en realidad una respuesta esclarecedora.

Amena negó con la cabeza.

—Solo se largó. Seguramente no quiso arriesgarse a un no. La gente de aquí está... —Buscó las palabras—. Sí, la gente está desesperada. Todos estamos desesperados.

—¿Cómo era Katya?

—Buena persona. Amable. Muy guapa.

—¿Es posible que fuese ella, y no Elena, la que estuviese metida en la prostitución?

—No, creo que no. No.

—Bien.

Hulda cayó en la cuenta de que casi había olvidado dónde estaba, absorta por la conversación y ajena a los muros que, sin embargo, estaban tan incómodamente cerca. Pero ahora esa sensación volvió a dar señales de vida: la claustrofobia. Le dio las gracias a Amena por su ayuda, llamó a la puerta y esperó a que Ólíver le abriera y la dejase salir.

—Recuerda —dijo Amena de repente—. Vas a ayudarme.

Hulda asintió con la cabeza.

—Haré lo que pueda.

En este mismo instante se abrió la puerta.

—¿Cómo ha ido? —preguntó Ólíver, sin auténtico interés.

—Tú y yo tenemos que hablar. Ahora —dijo Hulda, como si estuviera dando una orden a un subordinado.

Echó un rápido vistazo hacia atrás antes de que Ólíver cerrase la puerta de la celda y, por un instante, vio a la chica siria enmarcada en el umbral, con la desesperación pintada en el rostro.

VI

El río ya había salido a la superficie, y ahora iban caminando por la orilla, en medio de un valle incrustado entre montañas.

—Mira. —Él señaló en la oscuridad—. Ahí está el refugio.

Ella intentó divisarlo, pero no fue capaz. Hasta que no se acercaron no logró vislumbrar en la distancia un puntito negro que iba tomando forma, convirtiéndose poco a poco en una casa. En una pequeña cabaña, lejos de toda presencia humana.

Al llegar vieron que las ventanas estaban cegadas y la nieve había atascado la puerta de entrada. Les costó bastante trabajo abrirla. Una vez dentro, ella se libró de la mochila y miró alrededor. El refugio estaba completamente a oscuras salvo por las partes que iluminaba el haz de luz de las linternas, que dejó a la vista unas literas con capacidad para cuatro personas, incluso más. Se sentó sobre uno de los colchones para recuperar el aliento.

—¿Podrías ir a por agua? —pregunto él, al tiempo que le daba una botella vacía.

—¿Agua?

—Sí, bájate al río.

No le hacía ninguna gracia volver a salir a la oscuridad de la noche, y encima ella sola, pero se aguantó y volvió a coger la linterna. El refugio se encontraba en una pequeña ladera y había bastante pendiente hasta el río. Avanzaba dando pasos cortos, ya que el suelo estaba muy resbaladizo y se habían quitado los crampones tras superar la parte más complicada de la ruta. Iba con todo el cuidado que podía; lo último que quería era tropezar y rodar cuesta abajo en la nieve y el frío.

Una vez en el río, hundió la botella en el agua. A continuación se quedó un rato en la orilla, mientras daba los primeros sorbos: el agua era pura y cristalina, fría a más no poder, tremendamente refrescante tras la caminata.

Volvió a entrar en el refugio, acalorada tras el paseo y el esfuerzo; se quitó la parka y ayudó a su compañero de excursión a encender unas velas. Él ya le había dicho que no había electricidad en la cabaña, y tampoco agua caliente.

Pronto hubo diez velitas encendidas, pero, a decir verdad, no daban mucho calor.

—Deberías volver a ponerte la parka o te vas a

helar —dijo él—. Hace casi tanto frío aquí dentro como fuera.

Ella asintió con la cabeza, aunque decidió esperar un rato. Se sentía bien y no le apetecía volver a ponerse esa gruesa parka; todavía no.

Él sacó un hornillo —lo llamó sprittprímus, en islandés; no sabía cuál era la palabra inglesa—, lo encendió y calentó una lata de judías. Ella se zampó su ración en un abrir y cerrar de ojos. Le supieron a gloria, acompañadas del agua del río, y la ayudaron a entrar en calor, aunque poco a poco iba sintiendo cómo el frío le calaba los huesos de nuevo. Al quedarse quieta, había empezado a perder temperatura y se dijo que no había mucha diferencia entre estar sentados fuera a la intemperie y dentro de ese refugio sin calefacción.

Cuando por fin se puso la parka, ya era tarde: el frío la tenía apresada entre sus garras. Sin dejar de tiritar, intentó entrar en calor paseando de un lado a otro.

—Te voy a calentar agua —dijo él—. ¿Quieres un té?

Ella asintió.

Con cada sorbo de té, una corriente de calor recorría su cuerpo, pero luego el frío volvía a imponer su dominio.

De repente él se puso en pie y fue a por su mochila.

—Tengo... —empezó vacilante, casi avergonzado—. Tengo algo para ti.

Ella no sabía cómo reaccionar. Su voz seguía siendo amable, no había motivo para tener miedo. Pero ¿por qué le había comprado un regalo? Ella no tenía nada a cambio.

Él rebuscó en el interior de la mochila casi con frenesí.

—Perdona... Debe de estar por aquí...

Ella aguardó en silencio, estaba nerviosa. Al fin él sacó un paquete pequeño envuelto en papel dorado.

—Aquí está, es para ti —tartamudeó—. No es gran cosa, solo algo que encontré...

«¿Por qué?», quiso preguntarle ella, pero no lo hizo.

—Gracias —musitó en su lugar aceptando el regalo. Lo desenvolvió con torpeza, tenía las manos heladas, y descubrió una cajita negra, a todas luces de una joyería—. ¿La abro? —preguntó, aunque esperaba que la respuesta fuese un no.

—Sí, sí, claro.

En su interior había un par de pendientes y un anillo. ¿Qué diablos significaba eso? La mujer fue incapaz de pronunciar palabra; se quedó atónita mirando la cajita y deseó que no se tratase de un anillo de compromiso o algo parecido. Por supuesto, eso no habría tenido ningún sentido. Cuando levantó la vista, él la estaba mirando.

—Lo siento, es que los vi el otro día, cuando estaba en el centro comercial comprando cuatro cosas para la excursión, y pensé que quizá te gusta-

ría tener algo bonito, ya me entiendes. Puedes devolverlo si quieres y cambiarlo por otra cosa, si lo prefieres, como una pulsera, zapatos, lo que sea...

—Gracias —respondió ella, y se produjo un silencio incómodo.

—Reanudaremos la marcha a primera hora de la mañana —dijo él—. Aprovechemos la noche para dormir y descansar.

VII

—Espero que hayas sacado algo de provecho de esto. —Ólíver dedicó una sonrisa condescendiente a Hulda—. Y si no hay nada más, tengo otras tareas que atender.

Hulda hizo caso omiso.

—¿Te suena que una chica rusa desapareciese del albergue el año pasado? —preguntó.

—¿Desaparecer? Ahora que lo dices, me acuerdo de que publicamos un aviso de desaparición de una solicitante de asilo. Una chica. Pero no recuerdo con exactitud qué nacionalidad tenía.

—¿Podrías mirarlo?

Ólíver puso los ojos en blanco.

—Sí, imagino que podría. Déjame tu número de teléfono y cuando tenga un rato te llamo. —Volvió a desplegar la misma sonrisa irritante de hacía unos segundos.

—¿Podrías mirarlo ahora? —preguntó Hulda en un tono tan firme que el agente dio un respingo.

—¿Ahora? Eh, claro, supongo que sí... —Se sentó delante de un ordenador, con cara de pocos amigos y tecleó algo—. Sí, era rusa —dijo al fin.

—¿Katya? —preguntó Hulda.

Él miró la pantalla.

—Sí, eso es.

—¿Y qué pasó?

—Dame un minuto para leerlo, ¿no? —contestó hosco.

Hulda suspiró.

—Sí, al parecer la perdimos —confirmó él al cabo de unos segundos.

—¿Que la perdisteis? —repitió Hulda, escandalizada por la elección del término.

—Sí, no volvió a aparecer por el albergue. Pasa de vez en cuando; no muy a menudo. Unas veces es algún malentendido, otras la gente se olvida de que esto es una isla e intenta esfumarse. Siempre acaban volviendo al redil. —Y al instante matizó—: Casi siempre.

—¿Ella no lo hizo?

—No, es verdad. Todavía no, en todo caso. Pero la encontraremos.

—Ya hace más de un año. ¿Sigues pensando que vais a encontrarla?

—Yo no llevo ese tema, así que quién sabe, no tengo opinión al respecto.

—¿Quién lleva el caso? —se impacientó Hulda.

Ólíver negó con la cabeza.

—Me parece que no lo lleva nadie, no directamente. Pero el caso sigue abierto, acabará apareciendo.

Hulda asintió con un gesto.

—Ya veo.

—A lo mejor ha salido del país —agregó él con rostro esperanzado—. En un mercante. ¿Quién sabe? En este caso, problema resuelto, por así decirlo. —Sonrió.

—¿La buscasteis?

—No de una manera organizada, que yo sepa. Hicimos algunas pesquisas por ahí, pero nada muy a fondo.

—A ver si lo adivino: nadie puso especial empeño en localizarla porque teníais asuntos más urgentes entre manos, ¿es eso?

—Sí, se podría decir que sí —contestó Ólíver sin el menor asomo de vergüenza.

Al menos tenía a su favor que ya empezaba a tomarla en serio. Hulda decidió no soltarlo aún.

—Necesito un transporte —dijo, y era verdad. El cansancio subsistía, y también un ligero dolor de cabeza.

—¿Adónde?

—A la cala donde encontraron el cadáver de Elena.

Ólíver parecía a punto de decir que no, pero

ella subrayó la petición con una mirada resuelta y penetrante, para darle a entender que no tenía opción. Al final, hizo un gesto afirmativo.

—Muy bien, en marcha entonces.

VIII

Él se echó a dormir en la litera justo encima de la de ella. La proximidad la incomodaba, pero no había mucho que hacer al respecto.

Había colocado una de las velas en una silla, al lado de su cama, para ver algo en la oscuridad. Los frontales estaban sobre la mesa, donde él los había dejado antes de apagarlos, tras insistir en que necesitaban ahorrar batería. La chica se revolvió para entrar en el saco de dormir y trató de acomodarse, aunque no era tan fácil, enfundada como iba en la parka y con un jersey grueso y ropa interior de lana debajo. Luego sopló la vela y la oscuridad se apoderó del refugio, atenuada al rato por una mínima luminosidad que probablemente se debía al reflejo de la nieve en las ventanas.

Estaba muerta de frío, un frío terrible; un frío que parecía calársele en los huesos. Intentó meter la cabeza dentro del saco hasta la nariz y cerrar aún más la cremallera para que el calor no se escapase; mantuvo solo un pequeño resquicio abierto sobre la boca y la nariz para poder respirar. Y aun así, seguía teniendo frío.

Por lo general no tardaba en dormirse, pero allí no había forma, no en esas circunstancias inusuales. Se quedó tumbada a la espera de que el sueño la atrapara, intentando alejar en vano la sensación de claustrofobia y asfixia.

IX

Un rato después de dejar atrás la comisaría de Keflavík, tomaron el desvío hacia Vatnsleysuströnd.

—Aún tenemos que bordear la costa unos minutos —suspiró Ólíver—, y después tendrás que caminar un trecho para bajar hasta la orilla, si es que te sientes con ganas de ir hasta el final.

—Los *dos* tendremos que caminar un buen trecho, querrás decir —replicó Hulda como si tal cosa—. Porque tú te vienes conmigo para enseñarme el lugar.

Ólíver asintió con evidente desgana.

Por fin detuvo el vehículo junto a un camino que parecía conducir hasta el mar. Estaba bloqueado por una pila de piedras.

—Hasta aquí llegamos con el coche, no hay manera de atravesar esa barrera.

La cala se hallaba bastante más lejos de lo que

Hulda se había imaginado y, además, hacía un tiempo más bien desapacible. ¿De veras tenía que hacer ese esfuerzo?

—¿Cuánto tiempo tenemos que caminar? —preguntó vacilante.

Ólíver la miró de hito en hito, y su cara dejaba claro lo que estaba pensando: ¿a qué velocidad se supone que puede moverse esta anciana?

—Más o menos un cuarto de hora de ida y otro de vuelta. —Miró su reloj y agregó—: La verdad es que no tengo tiempo para esto, y tampoco es que haya nada que ver allí abajo.

La reacción de Ólíver fue la gota que colmó el vaso. Ese hombre la estaba poniendo de los nervios —aunque, para ser sincera, quizá la resaca tenía algo que ver en eso—, y después de oírlo decidió arrastrarlo consigo todo el camino hasta la orilla.

—Nos aguantaremos —dijo.

Acto seguido se apeó del coche y echó a andar. Un vistazo hacia atrás reveló que Ólíver la seguía a cierta distancia y a regañadientes. Aún caía una ligera llovizna y cerca del mar el viento soplaba un poco más fuerte; Hulda agradeció el aire fresco, la ayudaría a sacudirse las telarañas y dejar atrás el dolor de cabeza. La proximidad del océano siempre le levantaba el ánimo, podía sentir cómo la tensión iba desvaneciéndose con cada paso que daba. Caminaban por una pista de grava gruesa, con lava y musgo a ambos lados; un paisaje desolado pero bello. De cuando en cuando los sobrevolaba algún ave marina, pero más allá de eso, Ólíver y ella estaban completamente solos. A pesar de que no había mucha distancia hasta la zona urbanizada más próxima, ese lugar parecía lo bastante apartado como para visitarlo sin que nadie te molestara. Conforme descendían, Hulda se iba preguntando qué demonios haría Elena en un paraje tan aislado: ¿habría acudido allí ella sola, por su propia voluntad, y habría sufrido un accidente?, ¿acaso se había quitado la vida?, ¿o quizá llegó hasta allí acompañada por su asesino?

—No encontrasteis ningún vehículo por aquí, ¿verdad? —Hulda alzó la voz en pugna contra el viento.

—¿Eh? No —refunfuñó Ólíver.

Todo su talante indicaba que tenías cosas más importantes que hacer que ir de excursión a la playa con un vejestorio de la policía de Reikiavik.

Debían de estar a más de veinte kilómetros del albergue de Njardvík, demasiado lejos como para plantearse un paseo hasta la cala, reflexionó Hulda. También en esto el informe de Alexander había sido poco preciso y no mencionaba el lugar exacto donde se encontró el cadáver. Alguien tuvo que llevar a Elena en coche hasta allí. Y el hecho de que el último tramo del camino hasta el mar estuviese cerrado al tráfico rodado también tenía su importancia. Otro detalle que Alexander había omitido.

—¿Cuánto hace que cerraron esta pista al tráfico? —inquirió Hulda.

—Años. Ya no vive nadie aquí; ahí delante solo hay algunas casas abandonadas.

—Entonces es poco probable que alguien cargase con el cuerpo todo el camino hasta el mar.

—¡Imposible! Tuvo que morir ahí en la cala. Un accidente, un suicidio, algo por el estilo, estoy seguro. Pierdes el tiempo intentando resolver un crimen que nunca ocurrió —dijo con aspereza—. Tenemos trabajo más que suficiente con los casos reales.

El entorno era yermo y pedregoso, con plantas resistentes dispersas aquí y allá y el esqueleto de un árbol solitario.

No tardaron en llegar a las casas y no había duda de que estaban abandonadas, maltratadas por los elementos. Hulda miró a su alrededor solo para confirmar que desde allí no era posible ver una sola vivienda ocupada, ni un alma, y también el coche patrulla quedaba ya fuera de la vista. Tuvo la certeza de que este paraje, al lado del mar, era el escenario del crimen, el lugar donde alguien había asesinado a la chica rusa sin testigos. «¿Qué diablos estabas haciendo aquí, Elena? —se preguntó—. ¿Quién estaba contigo?»

Si ya era un paraje desierto e inhóspito en mayo, se imaginaba cómo sería en lo más crudo del invierno. ¿Cómo se habría sentido Elena? ¿Llegó a tener alguna sospecha de lo que iba a ocurrir?

Convenía recordar que para entonces ya le habían dado la noticia de que se podía quedar en Islandia. Estaría eufórica, y quizá por ello más despreocupada que de costumbre, no se daría cuenta de que su acompañante representaba un peligro para ella...

—Fue pura casualidad que se encontrase tan pronto el cadáver. —La voz de Ólíver la sacó de sus pensamientos—. A esta cala no suele venir mucha gente, y no digamos en invierno, pero unos excursionistas pasaron por el sitio, llamaron a la policía y un compañero y yo nos personamos aquí.

Nada más decir lo último, la cala se abrió ante sus ojos.

Era pequeña, bonita y sin pretensiones. El mar traía calma a pesar de la brisa marina —más ventarrón que brisa, para ser justos—. A Hulda la embargó una placentera sensación de bienestar, mientras el olor a salitre y la visión del mar la transportaban a Álftanes, a la antigua casa que tenían su marido y ella, al seno de la familia antes de que la desgracia golpeara. Luego, enseguida, esa sensación se desvaneció y sus pensamientos volvieron a Elena, que había estado en ese mismo lugar hacía poco más de un año, viendo esas vistas y, a lo mejor, experimentándolas de la misma manera que ella.

—La encontraron boca abajo en la orilla, con lesiones en la cabeza. No hubo forma de saber lo que había ocurrido exactamente. Es probable que se cayera, se golpeara en la cabeza y perdiera el sentido. La causa de la muerte fue ahogamiento.

Hulda se aventuró a duras penas hasta el agua, pasando por encima de las piedras resbaladizas de la playa. Quería acercarse a Elena tanto como fuera posible aunque su cuerpo ya no estuviese en aquella cala.

—Por Dios, ve con cuidado —gritó Ólíver, de pie a cierta distancia—. No pienso llevarte en brazos todo el camino de vuelta al coche patrulla si te rompes una pierna.

Hulda se detuvo. Ya había avanzado lo suficiente. Podía imaginarse a Elena tendida en la orilla. El mar era despiadado, alimentaba a los islandeses, les daba vida, pero se cobraba otras a cambio. Recorrió con la mirada la bahía de Faxaflói hasta los altos picos nevados del monte Esja, con el corazón embargado por una honda tristeza, no solo por Elena, sino también por sí misma. Echaba de menos su antigua vida, los buenos tiempos de antaño, porque, a pesar de haber encontrado a un buen amigo en Pétur, se sentía sola y abandonada. Esa sensación nunca había sido tan fuerte como en ese momento.

X

—Ha sido una pérdida de tiempo —gruñó Ólíver, una vez sentados los dos en el coche patrulla.

—No estés tan seguro —contestó Hulda.

—¿Dónde está tu coche? ¿En comisaría?

—Yo... no he traído el coche —explicó ella, algo cohibida, intentando que sonara como un *modus operandi* normal.

Ólíver asintió con la cabeza, y a ella le pareció percibir una mueca taimada.

—¿Te llevo a Reikiavik? —le ofreció sin mucho entusiasmo—. No queda tan lejos, una vez hemos llegado hasta aquí.

—Gracias, pero tengo que pasar por el albergue de refugiados en Njardvík. Estaría bien si me acercaras.

—Eso está hecho —respondió él.

Aunque la lluvia les había dado tregua, las nubes bajas seguían cubriendo el cielo de Keflavík y se podía esperar otro chaparrón en cualquier momento.

—Muchas gracias por la ayuda —dijo Hulda al llegar a su destino mientras salía del coche a toda prisa y Ólíver se alejaba carretera adelante.

El último lugar de residencia de Elena.

En el poco tiempo transcurrido desde que Hulda decidió investigar esa muerte, había llegado a desarrollar un fuerte vínculo con la muchacha fallecida, derivado quizá de algún innato sentido de la justicia. Y ahora, mientras se hallaba ahí de pie delante del albergue, bajo ese brumoso tiempo primaveral, esa sensación era más intensa que nunca. Ahora no podía dejarlo. Se acercaba a la verdad, pero temía que ese único día, su último día, no bastase.

Tuvo suerte. Dóra estaba en la recepción, enfrascada en un periódico.

—Hola otra vez —dijo Hulda.

Dóra alzó los ojos.

—Vaya, muy buenas. ¿Usted por aquí de nuevo?

—Sí, necesito hablar contigo. ¿Alguna novedad?

—¿Que si...? No, no, nada nuevo. —Dóra sonrió y cerró el periódico—. Gente nueva, eso sí, pero la misma rutina de siempre. ¿O se refiere, ya sabe, a algo sobre Elena?

—De hecho, sí.

—No, no hay nada nuevo. ¿Cómo va la investigación?

—Avanza despacio —contestó Hulda en tono quedo—. ¿Podemos sentarnos a hablar en algún lado?

—Sí, siéntese. Hay un taburete aquí, al lado del teléfono. —Dóra señaló otra mesa cerca del mostrador de la recepción, en la que se veía un teléfono fijo anticuado e incluso una guía telefónica encuadernada, cosa inusual en esos tiempos, pensó Hulda.

—De hecho, estaba pensando en algún sitio con algo más de privacidad —dijo Hulda.

—Bah, aquí nadie habla islandés, de todos modos. Y prefiero no dejar la recepción desatendida si es posible. Hemos repasado el tema tan a fondo que imagino que tampoco nos llevará mucho tiempo, ¿no?

—Cierto —cedió Hulda. Fue a buscar el taburete del teléfono y se sentó enfrente de Dóra, junto al mostrador.

—Háblame de Katya.

—¿Katya? ¿La que se largó?

—Eso es.

—Sí, me acuerdo de ella. Rusa, como Elena. Eran buenas amigas, creo. Luego un día se esfumó sin más.

—¿Hubo alguna investigación?

—Eso creo. Llegó alguien de la poli haciendo preguntas. Yo no sabía nada. Creía que a lo mejor se había retrasado en algún lugar, pero después no volvió a aparecer. Tampoco sé si llegaron a encontrarla, pero desde luego aquí no regresó.

—Sigue desaparecida.

—¿Ah, sí? Siempre me cayó bien. Espero que haya salido adelante, dondequiera que esté.

—¿Relacionaron aquello de alguna forma con la muerte de Elena?

—La verdad es que pasó algún tiempo entre una cosa y otra —reflexionó Dóra—. Pero no, no creo. Yo en todo caso no se lo mencioné a su amigo cuando vino preguntando por Elena.

—¿Alexander?

—Sí. Tampoco es que él pusiera mucho de su parte, ¿sabe? Para mí que no tenía ningún interés en el tema. Usted me da mucha mejor impresión. —Dóra sonrió—. Si alguien me matase a mí, definitivamente preferiría que investigara el caso usted.

A Hulda no le hizo mucha gracia esa muestra de humor negro, pero disimuló; todavía le quedaban preguntas que hacerle a Dóra, debía mantener el buen tono de la conversación.

—Ayer me dijiste que Elena se subió al todoterreno de un desconocido.

—Ajá. —Dóra asintió con la cabeza.

—Bajo, gordo y poco atractivo, dijiste.

—Exacto.

—Anoche me reuní con un hombre relacionado indirectamente con el caso y que podría haber conocido a Elena en algún momento. Él también tiene un todoterreno a su disposición.

Hulda recordó lo que Dóra había dicho sobre los todoterrenos, que todos le parecían iguales. Por eso a lo mejor había visto el mismo coche más de una vez; a lo mejor Baldur había recogido a Elena en el todoterreno de su hermano Albert. Eso se revelaría enseguida. Revolvió en su bolso en busca de su móvil, con tan poco éxito que al principio llegó a creer que se lo había dejado en casa, y se dio cuenta de que no lo había mirado en toda la mañana.

—Perdona —murmuró tan bajo que apenas se oyó—. Dame un segundo.

Ahí estaba, por fin. Hulda dejó escapar un suspiro de alivio.

—El caso es que tengo aquí una foto suya.

Tocó la pantalla, pero no ocurrió nada. ¿Se había quedado sin batería? Maldita sea.

—No tendrás un cargador de móvil, ¿verdad? —le preguntó a Dóra—. Mira, uno que encaje aquí... —Señaló con el dedo la entrada de cargador de su teléfono.

—Déjeme ver. —Dóra cogió el móvil, pulsó un botón y de pronto el aparato soltó un sonido—. Lo tenía apagado. Tome.

Al instante, regresó a Hulda el vago recuerdo de haberlo apagado la noche anterior.

—Perdona —se sonrojó. Ese día todo le estaba saliendo al revés.

Ya se había puesto a buscar las fotos en el móvil cuando este comenzó a emitir más sonidos, breves pitidos que indicaban la llegada de SMS. Llegaban sin descanso.

—¿Qué diablos pasa? —dijo Hulda, más para sí que para Dóra. Los mensajes se abrían uno tras otro.

LLÁMAME AHORA
¡LLAMA ENSEGUIDA!
¡VEN A COMISARÍA
CAGANDO LECHES!
¡HULDA, LLÁMAME
INMEDIATAMENTE!

Todos los SMS eran de su jefe, Magnús. Todos excepto uno, de Alexander:

Hulda, ¿puedes llamarme?
Tenemos que hablar de la
investigación, no es
necesario reabrir el caso.

Decidió no responder ni llamar a Alexander, pero no podía ignorar a Magnús.

¿Qué demonios podía haber pasado? La verdad es que empezaba a asustarse.

—Espera un momento, Dóra. Tengo que hacer una llamada.

El corazón le iba a mil por hora mientras buscaba el número de Magnús en la agenda. Dudó un instante antes de llamar. ¿Quería hablar en realidad con él? ¿Cabía dentro de lo posible que le quisiera dar buenas noticias? Y si no, ¿qué diablos había sucedido? Apenas le había dirigido la palabra en meses y había permitido que llevase sus casos sin interferir para nada. Y ahora, de golpe y porrazo, después de poco menos que darle la patada, necesitaba contactar con ella con toda urgencia.

Hizo acopio de fuerzas y llamó.

Magnús contestó al segundo tono. Eso en sí era inusual.

—Hulda, ¿dónde coño te has metido? ¡Por Dios bendito!

Lo había irritado muchas veces, pero a juzgar por su voz, probablemente nunca lo había visto enfadado de verdad.

Inspiró hondo.

—He venido a Reykjanes a inspeccionar el sitio donde encontraron el cadáver de Elena, siguiendo algunas pistas. Me pediste que continuara mirando este caso hoy.

—¡¿Que yo te *pedí*?! ¡Yo te *dejé* hacerlo! Hay una diferencia. Y ¿«pistas», dices? ¡Solo estás persiguiendo putos molinos de viento, Hulda! ¡Nadie mató a aquella rusa!

—De hecho fueron dos mujeres —intercaló ella.

—¿Dos? ¿Qué quieres decir? Mira, no importa. Tienes que volver aquí cagando leches. ¡Cagando leches! ¿Me has oído?

—¿Ha pasado algo?

—¡Sí que ha pasado algo, coño! Mueve el culo hasta aquí ahora mismo. Tenemos que hablar.

Colgó. Aunque Magnús a menudo la había tratado injustamente, nunca antes había sido tan brusco con ella. Algo iba mal, realmente mal.

Hulda se quedó sentada, confusa, junto al mostrador del albergue, sumida en la incertidumbre. No saber qué había ocurrido la carcomía, y no paraba de pensar que tenía que ver con Áki. ¿Había echado por tierra la investigación de sus compañeros? ¿Por qué Magnús no le decía sin más a qué venían esas prisas por verla? ¿Qué podía haber pasado para que tuviese que hablar con ella cara a cara?

—Resulta que tengo que salir pitando —dijo Hulda, recuperando el habla.

Dóra hizo un gesto de conformidad.

—Sí, ya me lo he imaginado. Fuese quien fuese, ¡está que trina!

Hulda forzó una sonrisa.

—Sí.

—Pero ¿qué era lo que quería preguntarme? —agregó Dóra.

—¿Eh? Ah, sí. —Hulda volvió a mirar el móvil y al final encontró la fotografía de Baldur Albertsson—. La foto está un poco borrosa, pero ¿podría ser este el hombre del todoterreno?

Dóra echó un vistazo rápido a la pantalla y asintió con la cabeza.

Hulda clavó los ojos en ella, sorprendida.

—Es él —dijo Dóra—. Segurísimo.

XI

Se despertó sobresaltada.

Le costaba respirar. La sensación de asfixia la oprimía. Tardó algunos segundos en darse cuenta de dónde diablos estaba. Embutida en un saco de dormir dentro de una maldita cabaña, muerta de frío en mitad de la noche.

Hacía tanto frío que se le había taponado la nariz y le costaba horrores respirar, y durante un instante le pareció que estaba atrapada dentro del saco. Intentó con desesperación abrir un poco el resquicio que había dejado para respirar; el corazón le latía con fuerza en el pecho. Tenía la urgente necesidad de sacar la cabeza del saco para coger aire.

Al final lo consiguió.

Se incorporó un poco en la litera e intentó relajarse, reducir el ritmo frenético de los latidos.

Había usado su parka de almohada y la acomo-

dó de modo que fuese lo más blanda posible. Después se recostó de nuevo, cerró la cremallera del saco de dormir, aunque no tanto como antes, e intentó volver a conciliar el sueño.

XII

Hulda se dio el lujo de tomar un taxi de vuelta a Reikiavik a cuenta de la policía. Tal vez podría haber llamado a Ólíver y aceptar su ofrecimiento, pero eso le habría llevado tiempo y quería llegar cuanto antes a la capital. Además, no tenía un interés especial en aguantar tres cuartos de hora metida en un coche con ese engreído, por mucho que al final hubiera aprendido modales. Por fortuna, le tocó un taxista con pocas ganas de charla. A medio camino se acordó de que no había cumplido la promesa que le había hecho a Amena: había prometido contarle a Ólíver que había ayudado a la policía, y lo había olvidado. Estaba demasiado inmersa en sus propios problemas. Había pasado todo el día compadeciéndose de sí misma y ahora la asaltaba el sentimiento de culpa; Amena no tenía a nadie en ese país, y Hulda podría haberla ayudado, pero estaba demasiado centrada en Elena a pesar de que ya era tarde para ella. Amena seguía viva, y Hulda tenía la oportunidad de hacer las cosas bien. Decidió que tenía que llamar a Ólíver, aunque no en ese momento.

El tiempo se iba despejando algo: con un poco de suerte, dejaría la llovizna atrás, en Reykjanes.

Tras la conversación con Magnús le estaba resultando imposible echar una cabezadita durante el trayecto. El corazón le latía demasiado rápido y su mente iba a cien por hora. No sabía qué le esperaba, pero debía prepararse para lo peor, así que más valía que llamase a Pétur.

—Hulda, qué placer tan inesperado —dijo él, alegre como de costumbre—. ¿Cómo va todo?

—Mucho trabajo, a decir verdad —contestó ella. Era un alivio oír su voz afable, sentir que en él tenía un amigo en el que confiar, alguien con quien podía hablar y al que escuchar. Era una sensación muy agradable.

—Me hace mucha ilusión lo de esta noche. Ya he reservado mesa.

—Sí, justo te llamaba por eso... ¿Lo podemos aplazar a mañana? No sé cómo va a ir el día.

—Ah, bueno. —La decepción afloró a su voz—. No hay problema.

—¿Te puedo llamar cuando acabe y nos tomamos un tentempié?

—Sí, me parece muy bien. Y aplazamos esa cena dos días, en lugar de uno.

—¿Cómo?

—La cena en el Holt. No podemos pasarla a mañana porque mañana por la tarde vamos a subir al Esja, ¿recuerdas?

—Ah, sí, por supuesto. —La ilusión que sintió en ese momento le alegró el corazón.

—Entonces, ya me llamarás esta noche —dijo Pétur con amabilidad.

—Sí, espero que no se me haga muy tarde.

Se despidieron y Hulda se quedó otra vez sola con sus pensamientos. Casi le entraron ganas de darle al taxista otra dirección. Apenas tenía valor para enfrentarse a Magnús, y la incertidumbre sobre lo que estaba a punto de suceder solo empeoraba las cosas. En su lugar deseaba regresar a casa, relajarse, recuperarse y no volver a pisar la comisaría. No tener que hablar nunca más con ese jefe imposible, no tener que volver a escuchar sus reproches. Pero eso supondría abandonar a Elena a su suerte y, posiblemente, dejar suelto a su asesino.

Sabía de sobra que marcharse ni siquiera era una opción: ella cumpliría con su parte, como siempre, por lo que siguió sentada en silencio. Mientras, el taxi dejaba atrás los campos de lava de Reykjanes y daba paso a los barrios de las afueras de Reikiavik, con sus bloques de apartamentos y las grandes casas con jardín donde habría quizá familias disfrutando del buen tiempo con una barbacoa; el tipo de vida que Hulda había perdido.

Nada más entrar en la comisaría notó que algo había pasado; la tensión en el ambiente se podía cortar con un cuchillo. Fue directa al despacho de Magnús evitando cruzar la mirada con ningún compañero por el camino. Por una vez, Magnús no estaba allí. Hulda miró apurada alrededor y al final decidió llamar a la puerta del segundo al mando, que ocupaba el despacho contiguo, algo más pequeño: otro hombre joven que había ascendido en el escalafón más rápido de lo que ella jamás podría haber soñado.

Ni siquiera tuvo que decir qué quería. Él tomó la palabra nada más verla y, por el gesto que puso, estaba claro que no envidiaba en lo más mínimo lo que Hulda tenía por delante.

—Maggi te espera en una de las salas de reuniones. —Especificó cuál, mientras negaba ligeramente con la cabeza, como para indicar que Hulda tenía la batalla perdida de antemano.

Ella se dirigió a paso lento hasta la sala de reuniones, como un preso condenado a muerte que va camino de la ejecución sin haberse enterado de qué le acusan.

Magnús se encontraba sentado a solas en la sala, y por la cara que tenía, estaba de un humor de mil demonios.

—¿Has hablado con alguien? —preguntó antes de que a ella le diera tiempo a saludar.

—¿De qué? —replicó Hulda confusa.

—De lo que pasó anoche.

—No tengo ni idea de qué me estás hablando, lo siento —contestó ella.

—Bien. Siéntate.

Tomó asiento al otro lado de la mesa, enfrente de Magnús. Delante de él había algunos documentos esparcidos, pero la vista de Hulda ya no era la que había sido en los viejos tiempos y no logró saber de qué trataban.

—Emma Margeirsdóttir —dijo él al final en voz queda, al tiempo que bajaba la vista a los papeles.

Hulda sintió un escalofrío al oír ese nombre.

—Te suena, ¿no?

—Dios mío, ¿le ha pasado algo? —preguntó ella, con la voz a punto de quebrarse.

—Te reuniste con ella, ¿verdad?

—Sí, claro. Pero eso ya lo sabías. Te lo conté.

—Justo —asintió Magnús con un movimiento de cabeza, y se calló.

Y siguió callado con intención de derribar a Hulda con sus propias tácticas, pero ella no iba a caer en esa trampa: debía ser Magnús quien hiciese el siguiente movimiento.

Al final, este cedió:

—Tú la interrogaste, ¿verdad?

—Sí, exacto.

—Y, si mal no recuerdo, me dijiste que no salió nada destacable de ello.

Hulda asintió; había roto a sudar, no estaba acostumbrada a hallarse a ese lado de la mesa durante un interrogatorio, porque no había otro nombre para ese encuentro.

—«Aún estamos lejos de resolver el caso»; ¿no es eso lo que me dijiste?

Ella asintió de nuevo con la cabeza. Magnús esperó una respuesta más clara, y esta vez Hulda no resistió la presión:

—Eso es.

Tras otro silencio, Magnús prosiguió, ahora en un tono algo más suave:

—Me dejas un pelín sorprendido, Hulda.

—¿Cómo?

—Te tenía por una de las mejores en este oficio. De hecho, sé que lo eres. Lo has demostrado a lo largo de los años.

Hulda esperó, sin saber cómo reaccionar al único elogio que había oído jamás de sus labios.

—El caso es que esa mujer ha confesado.

—¿Confesado?

Hulda no daba crédito. ¿Cómo demonios era posible? Después de todo lo sucedido, después del riesgo que había corrido para salvarle el cuello.

—Sí, la detuvimos anoche y confesó haber atropellado a ese puto pederasta y haberse dado a la fuga; esto último solo te lo digo a ti. Por supuesto, tiene toda mi compasión, pero el hecho incontestable es que atropelló a un hombre. Y de forma deliberada. ¿Qué te parece?

—Me resulta increíble —contestó Hulda, procurando sonar convincente y a buen seguro sin lograrlo.

—Sí, increíble. Pero desde luego tenía un móvil de peso, como sabemos.

—Sí. —Hulda intentaba respirar despacio.

—Irá a la cárcel. Y su hijo... Bueno, ¿quién sabe qué será de él? Esto es duro, Hulda, ¿no estás de acuerdo?

—Sí, la verdad es que no sé qué decir...

—Uno no puede sino compadecerse de ella, ¿no crees?

—Sí, supongo que sí.

—Tú tienes fama de conceder a la gente el beneficio de la duda, Hulda. De evitar juzgar a los demás. Hasta ahí llego, a pesar de que tú y yo quizá no hayamos logrado intimar mucho, por desgracia. —«Por desgracia» no había ni pizca de sinceridad en esas palabras—. Le apretaste las clavijas más bien poco, ¿no?

—¿A qué te refieres?

—Durante el interrogatorio.

—No, muy al contrario. Me empleé a fondo, a decir verdad, dadas las circunstancias.

—¿Y sin resultados?

—Exacto.

—Porque hay una cosa que no acabo de entender, Hulda, querida —dijo él con el ceño fruncido, hablándole en ese tono condescendiente que tantas veces había empleado con ella—. La cuestión es que Emma asegura que ella confesó el atropello durante vuestra charla...

Fue como si Magnús hubiera lanzado una

bomba dentro de la salita de reuniones. Hulda notó cómo se le iban las fuerzas. ¿Había algún modo de salir de ese apuro? ¿Cuánto había contado Emma? ¿Y por qué la había traicionado de esa manera? Todo eso le resultaba incomprensible.

¿O es que Magnús iba de farol?

¿Estaba tanteándola?

¿Intentando empujarla a confesar una negligencia profesional?

El problema era que le costaba descifrar su gesto y no estaba segura de qué ficha mover a continuación. Si sincerarse o si mantener la mentira y negarlo todo.

Se tomó un buen rato antes de contestar:

—Bueno, a decir verdad la mujer fue muy poco precisa. Como es lógico, estaba muy alterada por las fotografías que encontramos de su hijo. Es posible que dé por hecho que confesó algo, pero no es eso lo que yo viví. —Hulda se secó unas gotas de sudor de la frente.

—Ya veo. —Magnús permanecía impasible.

Hulda tuvo que admitir que su jefe era bastante bueno en eso. Lo había subestimado.

—Así que quizá fue un malentendido entre vosotras dos. ¿Es eso lo que estás diciendo?

Hulda tuvo la sensación de que con cada pregunta que contestaba se iba hundiendo cada vez más en una especie de ciénaga.

—Eso debió de ser. ¿Estás seguro de que lo

hizo ella? ¿De que lo atropelló, quiero decir? ¿Incluso aunque haya confesado ahora?

—¿A qué te refieres? —preguntó él sosegado. Sonaba más curioso que sorprendido.

—A lo mejor solo busca llamar la atención, sobre todo si te ha dicho que ya había confesado antes. —Hulda intentó mantenerse impertérrita, aunque lo que más le apetecía era tirar la toalla.

—Es culpable de atropello y fuga, de eso no hay duda. Pero en cualquier caso ahora mismo eso no es lo más importante.

—¿Cómo?

—Me ha contado más cosas...

Ahora a Hulda el corazón se le puso a mil por hora; durante unos instantes creyó que se iba a desmayar, y Magnús alargó ese momento, como si disfrutara al verla sufrir.

—Emma me ha contado que te pusiste en contacto con ella más tarde esa misma noche, después del interrogatorio. ¿Es eso cierto?

—No me acuerdo. Sí, quizá, para repasar algunos detalles antes de redactar el informe.

—¿Sabes una cosa, Hulda? Ella sostiene que tú la llamaste para decirle que no se preocupara por la confesión. Que no ibas a hacer nada al respecto. ¿Es eso posible, Hulda? ¿Existe la más mínima posibilidad de que no esté mintiendo?

Magnús había bajado la voz y clavaba los ojos en ella. La cosa se ponía seria ¿Qué debía decir? ¿Poner su carrera patas arriba en la recta final, porque una buena acción se había vuelto en su contra? ¿O negarlo? A fin de cuentas, sería su palabra contra la de ella. Por el momento, decidió guardar silencio. Necesitaba más tiempo.

—¿Sabes lo que pienso, Hulda? Creo que te dio pena. Nadie siente lástima por un pederasta, ni tú ni yo vamos a hacerlo, pero eso no implica que podamos tomarnos la justicia por nuestra mano. Creo que tu compasión te ha hecho cruzar la línea. Y puedo entenderlo en cierto modo. —Hizo una breve pausa, pero Hulda se mantuvo en silencio—. Que ella fuera a ir a la cárcel, madre e hijo separados... Me hago cargo. Tú perdiste a tu hija, a fin de cuentas.

—¡Deja a mi hija fuera de esto! —gritó Hulda—. ¿Qué coño te crees que sabes de ella? ¡No me conoces de nada, no conoces a mi familia y nunca lo has hecho!

Esa explosión la cogió a ella misma por sorpresa, pero al menos logró desconcertar a Magnús. Más le valía no atreverse a mezclar a Dimma en este asunto.

—Perdona, Hulda. Solo intentaba ponerme en tu lugar.

Estaba más claro que el agua que Emma la había traicionado a pesar de la buena intención de Hulda. Era del todo incomprensible y la sola idea le dolía. Emma, desde luego, estaba muy alterada, pero eso no bastaba para explicar su comportamiento. Debía de haberse derrumbado por completo durante el interrogatorio de Magnús.

Solo entonces Hulda recordó por qué había apagado el móvil la noche anterior. ¿Por qué demonios había bebido tanto vino anoche? La resaca tampoco ayudaba a lidiar con la tensión y el estrés de ese interrogatorio. Hoy iba un poco lastrada en sus acciones, a la defensiva, en un día en el que debería rendir al máximo nivel. A lo mejor la edad se iba notando, pensó, pero apartó esta idea en el acto.

Emma la había llamado de madrugada. El mero hecho de que la telefonease a esas horas tendría que haberle hecho saltar las alarmas, tendría que haberse dado cuenta de que era algo urgente. Y aun así no había tenido ganas, ni energía, para conversar con ella. Ahora lo lamentaba. Quizá Emma quería hablarle sobre la conveniencia de entregarse. Jesús...

—Es un asunto extremadamente grave, Hulda —dijo Magnús tras un breve silencio.

Hulda seguía sin saber cómo reaccionar. ¿Y cuáles serían las consecuencias? ¿Era posible que Magnús fuese a despedirla con deshonores en su último día de trabajo?

—¿Así que ha confesado ahora? —preguntó Hulda, a sabiendas de que la pregunta conllevaba cierto reconocimiento de su error, sin decirlo de frente—. ¿De veras tiene alguna importancia lo que hablamos o cómo lo percibió ella?

Reprimió el vergonzoso impulso de añadir: «Por favor, sé indulgente. Después de todos estos años, después de una larga y exitosa carrera, ¿no podríamos hacer la vista gorda?».

—Ahí has dado en el clavo, Hulda. Creo que en circunstancias normales no le habría dado demasiada importancia: estás a punto de jubilarte, es una época difícil para ti. Un error de juicio, sí, pero ningún daño.

«¿Circunstancias normales?» ¿Qué intentaba decirle?

—El problema es que Emma se ha colado en el Hospital Nacional esta madrugada. Tengo entendido que en su día trabajó en el sector sanitario y actualmente es empleada de una residencia geriátrica.

—¿El Hospital Nacional?

—Sí, por lo visto le ha resultado muy sencillo: hay poco control de seguridad y ella sabía moverse. Si se topaba con un acceso restringido, lograba que la dejasen pasar mostrando la identificación de su lugar de trabajo.

Hulda empezaba a sospechar por dónde iban los tiros y sintió náuseas.

—No ha tardado en encontrar la sala en la que estaba el pederasta. Por lo visto, seguía inconsciente, en coma inducido, pero su evolución era buena. —Magnús calló un momento, sin duda captó el horror en la expresión de Hulda antes de añadir—: Luego ha cogido una almohada y la ha presionado contra su cara.

Hulda estaba demasiado angustiada como

para preguntar qué había sucedido. Aguardó, en una agonía de esperanza y pánico.

—Consiguió su propósito. El hombre ha muerto.

—¡¿Lo ha asesinado?! —Hulda no acababa de creerlo, aunque lo sospechaba desde que Magnús había empezado a hablar.

—Lo ha asesinado, Hulda. Luego se ha entregado y lo ha confesado todo con pelos y señales. Que lo atropelló por lo que le había hecho a su hijo. Que tenía intención de matarlo para evitar que continuara haciendo lo mismo con otros niños. Después la visitaste tú en el trabajo, ¿verdad? Y la calaste enseguida, me imagino. Ha declarado que la sometiste a un duro interrogatorio y que, al final, sencillamente se rindió y confesó. Que sintió alivio, ha declarado. Y también ha dicho... —Magnús bajó la mirada a la pila de papeles y leyó un fragmento de la declaración de Emma—. Ha dicho que se sentía aliviada por poder saldar sus deudas, que en ningún caso habría podido vivir con ese peso sobre los hombros, que había contado con que fuesen a detenerla en cualquier momento tras tu visita, pero que tú la llamaste más tarde esa noche y le dijiste que le permitías salirse con la suya. Se quedó sorprendida, contenta, y, sin embargo, en cierto modo defraudada. Ha declarado que aquella era una carga demasiado pesada y que quería volver a confesar. Por eso te llamó...

Hulda se sobresaltó. La llamada nocturna.

—... pero tú no contestaste.

Hulda negó con la cabeza, vencida en cuerpo y alma.

—Sí, es que estaba ocupada —susurró. «¿Por qué demonios no cogí el teléfono?»

Magnús continuó su relato:

—Estaba muy alterada esta pasada noche y no pensaba con lógica, dijo. Sentía que no tenía salida; que por delante solo había oscuridad, de modo que se dijo que sería mejor acabar lo que había empezado, cumplir con su propósito inicial y que todo eso valiese la pena. Podrías haberla parado anoche, Hulda —dijo, y ella asintió con la cabeza—. Sin mencionar la grave negligencia de encubrirla. Más que una negligencia... Eso lo sabes, Hulda: infringiste la ley, cometiste un delito de obstrucción a la justicia.

«Pero mi intención era buena», pensó ella. La ley no era un criterio absoluto para medir el bien y el mal. A veces había que contemplar las cosas desde una perspectiva más amplia. Sabía perfectamente lo peligrosa que resultaba una mentalidad semejante para alguien en su posición. Había jurado hacer cumplir la ley y sin embargo no era la primera vez que rompía ese juramento bajo la premisa de que era justificable. Pero ahora la habían pillado. Había un hombre muerto, y en parte era culpa suya. Sintió que se le revolvía el estómago. Aun así, no lograba lamentar la muerte del pederasta. Quizá afirmar que merecía la muerte era ir demasiado lejos, pero estaba convencida de que el mundo era un sitio mejor sin él, más seguro.

—¿No podríamos...? —No logró acabar la frase.

Era como si el mundo se estuviera derrumbando por segunda vez en su vida. Primero cuando murió Dimma, y ahora esto. Su reputación, su brillante carrera, todo a punto de convertirse en ceniza. Y lo que era peor: posiblemente presentarían cargos contra ella. ¿Aguantaría acabar en el banquillo de los acusados tras una larga carrera como policía? ¿Sería posible que en un momento dado acabase entre rejas? ¿Y qué diría Pétur? Ese futuro con el que comenzaba a ilusionarse, todo se le estaba escapando de las manos.

Magnús permaneció sentado, impertérrito, mirándola sin decir palabra. El silencio se hacía tan abrumador que a Hulda le entraron ganas de gritar, pero no tenía fuerzas para más.

—No te haces una idea de lo difícil que es esto para mí, Hulda —dijo al fin su superior—. Y lo decepcionado que estoy. Siempre te he respetado.

A ella le costaba creerlo, pero no objetó.

—Eres un ejemplo para muchos agentes en esta comisaría y les allanaste el camino a muchos otros, como a Karen. Me has puesto entre la espada y la pared.

Hulda no estaba segura de cómo tomarse las palabras de Magnús; ¿estaba siendo sincero? Esperaba que sí aunque eso significase que, durante muchos años, habría interpretado mal las cosas, habría subestimado el respeto que, por lo visto, inspiraba entre sus compañeros.

Agachó la cabeza, rendida, sin fuerzas para luchar más.

—No te equivoques: estoy furioso contigo, pero no voy a perder el tiempo gritándote, esto es demasiado grave. Por encima de todo, estoy tremendamente dolido —dijo Magnús, y parecía que lo sentía de veras, cosa que sorprendió bastante a Hulda—. Te he defendido muchas veces cuando otros han querido sustituirte o trasladarte a otro departamento. Trabajas lenta pero firme; de la vieja escuela, no todo el mundo sabe apreciarlo, pero consigues resultados.

No estaba segura de si debía creerse a pies juntillas las palabras de Magnús; nunca había sentido que él la apoyase, aunque sí era cierto que había obtenido resultados notables en sus investigaciones y a menudo había estado al mando de casos importantes. Recordaba dos en concreto: una muerte en una islita del sur a la que un grupo de cuatro amigos había viajado para pasar el fin de semana; y los horribles acontecimientos que tuvieron lugar en una granja, al este del país, la Navidad de 1987, la misma Navidad del fallecimiento de Dimma. Ambos casos habían sido emocionalmente muy difíciles para ella, y a menudo había detalles que volvían a su memoria para atormentarla.

¿Había subestimado a Magnús durante todos estos años? ¿El talante áspero, las ironías, las balandronadas de machote? ¿Acaso había sido su aliado entre bambalinas?

—Gracias —dijo en voz tan baja que la salita casi se tragó las palabras.

—Vamos a intentar silenciar esto, Hulda, por el bien de los dos. No he compartido los detalles del caso con ninguno de mis compañeros. No veo ninguna necesidad de despedirte con deshonores, aunque será más que posible que algo así suceda si finalmente acaban presentando cargos. Eso lo afrontaremos a su debido tiempo. El lunes trasladaré el asunto a la Fiscalía del Estado y, a partir de ahí, lo que ocurra luego ya no estará en mis manos. No puedo hacer que esto desaparezca sin más, Hulda, ¿entiendes? Pero vamos a intentar minimizar los daños.

Ella asintió. Ni se le pasó por la cabeza tratar de negarlo o mentir. La partida había terminado.

—Por supuesto, tendrás que dejar el trabajo de inmediato, ya no queda más margen de maniobra. ¿Llegaste a vaciar el despacho?

Ella negó con la cabeza.

—Haré que alguien se encargue de ello por ti y te envíe tus pertenencias, ¿de acuerdo?

—Vale.

—A propósito: lo de aquella refugiada rusa, ¿cómo ha ido?

Hulda estaba al borde del llanto, aunque intentó sobreponerse. No podía acabar la carrera así, con sesenta y cuatro años, llorando en su último día de trabajo. Carraspeó e intentó recuperar la voz:

—Seguía trabajando en ello. Eran dos.

—Sí, lo has mencionado antes por teléfono. ¿A qué te refieres?

—Otra chica rusa llamada Katya desapareció hace un año y pico, antes de que Elena muriese. Ambas eran buenas amigas. Dudo que Alexander llegase a relacionar los dos casos.

—¿Y están relacionados?

—No lo sé, pero habría que investigarlo.

—Sí. —Magnús le dio vueltas unos segundos—. ¿Podrías redactar un informe y enviármelo lo antes posible? Yo mismo le echaré un vistazo cuando tenga tiempo.

El tono de voz le traicionó: Hulda no creyó ni por un segundo que fuese a hacerlo, pero aun así apreció el gesto.

—Sí, claro, eso haré.

Magnús se puso en pie y le tendió la mano. Ella la estrechó, sin decir nada.

—Ha sido un privilegio trabajar contigo, Hulda. Has sido una magnífica inspectora de policía. —Hizo una pausa y al fin añadió—: Lástima que esto tenga que acabar así.

XIII

Otra vez se despertó de golpe, con la sensación de que todavía era plena noche.

Al principio creyó que había vuelto a desvelarse por el frío. Desde luego, estaba helada, y no era solo la cara, sino todo el cuerpo. Entonces cayó en la cuenta de que su saco de dormir estaba abierto.

Su compañero de excursión se había mudado de la litera superior a la de ella y ahora estaba tendido a su lado, con la mano metida en su ropa interior.

Muerta de miedo, trató de apartarlo, pero hacía tanto frío que notaba los miembros entumecidos, le costaba moverse. Él la sujetó contra sí y la besó mientras ella manoteaba con todas sus fuerzas para tratar de apartarlo.

—No te pongas así —gruñó él—. Los dos sabíamos lo que iba a pasar, a qué me estaba refiriendo cuando te invité a este viaje de fin de semana. He

visto cómo me mirabas. ¡Ahora no me jodas y no te hagas la estrecha!

Ella lo escuchó pasmada.

Acto seguido pegó un grito. Gritó tan fuerte como pudo, con todo el aire de sus pulmones, más fuerte de lo que jamás había gritado en toda su vida.

Él ni siquiera se molestó en taparle la boca.

XIV

Hulda se quedó paralizada delante de la comisaría de la calle Hverfisgata. Unos cuantos compañeros la saludaron al pasar, pero no les devolvió el saludo. Se limitó a quedarse ahí de pie, con la mirada perdida, esa tarde de primavera.

Se sentía como si su vida entera hubiese llegado a un punto final: era incapaz de ver más allá, incapaz de imaginar qué traería el día de mañana. Lo que más deseaba en ese instante era hablar con Pétur, pero no podía con la idea de llamarlo. Todavía no.

Al fin reunió fuerzas y echó a andar. Dobló la esquina del edificio a paso lento y continuó en dirección al mar. Aunque el sol había salido, una fresca brisa marina la recibió al acercarse a la avenida costera de Sæbraut. La cruzó sin prestar demasiada atención al tráfico, se sentó en un banco y contempló el mar. Era espectacular, relajante. Le trajo a la memoria los viejos tiempos, los buenos tiempos de antaño. Y también le recordó a Elena, su cadáver tendido boca abajo en una cala.

El mar da y el mar quita.

Hulda notó cómo la soledad la embargaba de golpe.

Tenía tantas cosas sobre la conciencia...

Sus pensamientos volaron otra vez a Elena. ¿Sería ella la clave? ¿La vía para lograr una especie de absolución? ¿La restitución de su honra, en cierto sentido? ¿Podría salvar algo de entre las ruinas de su vida si resolvía el caso? ¿Reconciliarse consigo misma, al menos?

El mar no le dio respuestas, pero quizá sí un leve atisbo de esperanza. Le había asegurado a Magnús que dejaba su investigación, pero ¿qué posibilidades había de que él la descubriera si seguía hasta la noche? Aún quedaba día por delante y tenía dos hilos de los que tirar. ¿Qué daño podía hacer si seguía esas pistas? Claro que tendría que mentir, tendría que fingir que aún era inspectora de la policía, pero era improbable que nadie lo pusiera en duda.

Sí, debía hacerlo. Solo por hoy. Era su última oportunidad. Además, necesitaba una distracción hasta que hubiese reunido el valor suficiente para ver a Pétur por la noche.

XV

—Nadie te va a oír —se rio él, mientras trataba de quitarle los pantalones.

Fue entonces cuando ella sacó fuerzas de flaqueza a pesar del frío y consiguió quitárselo de encima, con tanto ímpetu que él se cayó de la litera al suelo.

Ella se levantó de un salto, sin ver apenas nada en la oscuridad. Sabía que su única oportunidad era salir de allí y echar a correr a través de la nieve, tratar de esconderse en algún lado en esas vastedades desoladas de ahí fuera. Por muy poco realista que sonara, debía intentarlo. Y en ese mismo instante vislumbró el piolet que él había soltado de la mochila y colocado junto a la puerta.

De puro milagro logró cogerlo ella primero.

XVI

Hulda llamó a la puerta de casa de Albert. Tenía intención de hablar con su hermano Baldur y aclarar de una vez por todas si él había recogido a Elena en algún momento para dar un paseo en coche. Para su sorpresa, fue el propio abogado quien acudió a abrir, aunque eran poco más de las cuatro de la tarde.

—¿Hulda...? —preguntó algo extrañado.

—Hola, Albert, he decidido pasarme por si había alguien en casa...

—Sí, sí, claro. Es que hoy he hecho una jornada corta: por una vez había poco trabajo. —Parecía algo incómodo. A lo mejor el negocio no le iba demasiado bien—. Tienes los documentos ya, ¿no? Baldur me dijo que viniste anoche a por ellos.

—Sí, los tengo. Lo que pasa es que está todo en ruso, así que todavía no me hago una idea de qué contienen.

—Sí, eso me pareció a mí también, pero, bueno, a lo mejor sirven de algo. Ojalá logres hacer justicia a esa pobre chica. Aunque solo fuera porque fue clienta mía.

—En realidad, me gustaría charlar un minuto con tu hermano.

—¿Con Baldur? —Era evidente que Albert no se lo esperaba.

—Sí... Ayer mencionó algo —mintió Hulda entre titubeos, mientras se maldecía por no haber preparado una excusa decente antes de acercarse, aunque tampoco esperaba encontrar allí a Albert—, y quería pedirle que me lo explicase mejor.

—¿Qué demonios te ha dicho, si se puede saber? ¿Algo relacionado con Elena?

—No, bueno, sí, aunque no directamente; es un lío explicarlo.

—¿Algo relacionado conmigo, entonces? —Albert alzó la voz.

—¿Qué? No, no, nada de eso. ¿Él está en casa?

—No, no está. Le han llamado para pintar una casa, todavía tardará un rato en volver.

—¿Le puedes pedir, por favor, que me llame cuando llegue?

Albert no pareció para nada seguro de cómo reaccionar a esa petición, aunque al final dijo:

—Sí, sí, por supuesto. Lo haré. Le digo que te llame a comisaría.

—No, que me llame al móvil. Tú tienes mi número —le pidió con una sonrisa.

Albert se la devolvió con una mueca antes de apresurarse a cerrar la puerta.

XVII

Teniendo en cuenta cómo estaban las cosas, Hulda ya no tenía la posibilidad de conseguir un traductor jurado contratado por la policía, así que decidió averiguar si Bjartur podía echarle una mano. Volvió a meterse en el coche y se puso en marcha hacia la casa del intérprete. Iba a ser su última parada por hoy, salvo que los documentos contuviesen algo importante. Por un lado, esperaba que sí, pero también sería un alivio poder descansar al fin.

Cuando sonó su móvil, detuvo el coche junto a la acera y contestó la llamada. Una vez más era Magnús:

—Hulda —dijo en tono grave.

—Sí. —Ella inspiró hondo.

—No quería cargarte con nada más esta mañana, pero se me ha olvidado contarte algo: hoy han detenido a Áki.

—¿Ah, sí? —Se animó un poco—. ¿Prostitución organizada?

—Entre otras cosas. El problema es que hubo que adelantar bastante todas las intervenciones porque fuiste a verlo y lo interrogaste sin permiso.

Hulda maldijo para sus adentros.

—Consideraron que había cierto peligro de que destruyese datos entretanto, un puto lío. Te lo digo para que estés preparada por si acaso te llaman para que prestes declaración sobre vuestro encuentro. Querrán saber si te confesó algo, de qué información disponías...

Hulda suspiró.

—Sí, vale... Aunque dudo mucho que tenga nada nuevo que darles.

—Me temo que tendrás que aguantarlo. Todo esto es una auténtica cagada, pero que no te saque de tus casillas.

«No más de lo que ya lo ha hecho», pensó antes de colgar la llamada.

Hulda se había sentido culpable ante la posibilidad de haber fastidiado la investigación de sus compañeros, pues era consciente de la gran cantidad de esfuerzo que habrían puesto en ella.

Odiaba cometer errores.

Lo odiaba con todas sus fuerzas.

Cuando era pequeña, su abuela solía espiarla por encima del hombro mientras hacía los deberes, pendiente de cada respuesta que ponía, daba igual que fuese de lengua, matemáticas, historia o geografía, y sus críticas eran a menudo duras e injustas. Una y otra vez su abuela le exigía que se esforzase más, le recriminaba que era demasiado lenta, que tenía que ser mejor que los chicos si pretendía triunfar en la vida; y a menudo Hulda terminaba llorando.

No fue hasta que se convirtió en adulta cuando descubrió qué eran las críticas constructivas, un concepto que, al parecer, su abuela nunca aprendió.

Y ahora, una vez más, se avergonzaba de haber cometido un error.

Podría haberlo hecho mejor.

XVIII

Esta vez Hulda fue directa al garaje de Bjartur y llamó a la puerta. Por primera vez se fijó en que en la ventana había un bonito cartel: «Bjartur Hartmannsson, intérprete y traductor».

El hombre acudió raudo a abrir y pareció sorprendido de volver a verla.

—Hola, ¿qué tal?

—Hola, Bjartur —contestó ella en tono de disculpa. Era consciente de que perseguía molinos de viento, intentando desentrañar un caso que quizá fuese irresoluble.

—Hay que ver. —Se pasó la mano por la melena rubia—. Parece que me he convertido en un viejo amigo de la policía.

Hulda se preguntó cuántos años tendría; no se había molestado en consultarlo. A pesar de su aspecto juvenil, lo más probable era que ya se estuviese acercando a los cuarenta. La mujer que había abierto la puerta en la primera visita de Hulda —presumiblemente su madre— debía de rondar los setenta.

—¿Tienes mucho trabajo? —preguntó la inspectora amigable.

—Sí, la verdad... No tanto con las traducciones, pero hay bastantes grupos de turistas rusos. Los turistas están salvando Islandia en estos últimos tiempos. De todos modos, hoy ha sido un día tranquilo. Solo estoy... escribiendo, ¿sabe?, trabajando en mi novela.

—Suena bien. —Hulda seguía en el vano de la puerta.

—Entre, por favor —pidió Bjartur—. Esto no es muy acogedor; todavía no he comprado ninguna silla para las visitas, tendrá que conformarse con la cama. —De repente se puso rojo como un tomate—. Quiero decir, con sentarse en la cama.

Hulda asintió con la cabeza y tomó asiento. Bjartur, por su parte, se acomodó en el viejo sillón de oficina. El ambiente dentro del garaje estaba recargado, y saltaba a la vista que a Bjartur no le había dado tiempo a airearlo esta vez, ya que la inspectora no le había anunciado su visita.

—¿Vives aquí? —preguntó ella por pura curiosidad.

—Sí, prácticamente. Duermo y trabajo aquí. Tengo más privacidad, ¿sabe? Mis padres viven en la casa y yo ya no aguantaba vivir allí. Era demasiado agobiante, aplastante, así que me dieron permiso para adecuar el garaje. Por desgracia, la casa no tiene sótano; si no, me habría mudado a vivir allí.

Hulda tuvo ganas de preguntarle por qué no se había limitado a buscarse su propio piso, pero le dio apuro plantearlo. Aun así, fue como si Bjartur le leyera la mente:

—No tiene sentido irse a vivir a un piso tan pronto. Es demasiado caro, sea alquilado o comprado. Los precios de la vivienda no paran de subir, y yo no tengo ingresos fijos, que se diga. Es todo más o menos ocasional: las traducciones, los viajes con los turistas. A veces hay mucho curro, sobre todo en verano, pero otras temporadas hay bastante menos. Aun así, me las arreglo para ahorrar un poco; todo se andará. Además, mis padres ya son mayores; a lo mejor se mudan pronto.

«Al otro barrio», dedujo Hulda por la cara que puso.

—Te iba a pedir un pequeño favor —le dijo.

—¿Ah, sí? Dígame.

Le entregó el sobre de Albert.

—Son documentos de Elena que encontró su abogado. En realidad, no sé si tienen algo de interés, pero hay que mirar debajo de cada piedra. —Sonrió.

—Me hago cargo. ¿Cómo va la investigación? Sigue con ella, por lo que veo.

—Sí... Sí, no me voy a rendir —dijo en contra de su propia convicción.

Lo que más anhelaba era dejarlo, y lo que menos le apetecía era trabajar en el caso justo hoy. Seguía hecha un manojo de nervios tras las noticias de la mañana; continuar con ese caso era lo último que le apetecía, pero era lo único que le quedaba. No podía obviar que, en cierto sentido, era responsable de la muerte de un hombre, aunque el hecho de que ese hombre fuese un pederasta la ayudaba a lidiar con su cargo de conciencia. Hay crímenes que, sencillamente, son imperdonables.

Además, probablemente había echado a perder la investigación de sus compañeros sobre Áki. Su carrera como inspectora estaba hecha añicos. A decir verdad, no estaba para nada en condiciones de trabajar y, sin embargo, seguía erre que erre. Demasiado terca para dejarlo, y para variar, con el tiempo en contra.

—Con mucho gusto les echaré un vistazo —dijo él, tras lo cual se dio la vuelta, se sentó, sacó los folios del sobre y los colocó encima de la mesa—. Deme unos minutos para repasarlos.

—Por supuesto —dijo antes de añadir, por una especie de presentimiento—: ¿Puedes prestar especial atención a ver si aparece en algún lado el nombre de Katya?

—¿Katya? —preguntó Bjartur, con la nariz metida en los documentos.

—Sí, era una amiga suya, según tengo entendido.

—Vale.

—¿Tú la conocías? ¿Le hiciste de intérprete en alguna ocasión?

—No.

—La cosa es que desapareció.

—¿Cómo? ¿Desapareció?

—Sí, o la hicieron desaparecer. También era una solicitante de asilo. Creo que ambos casos podrían estar relacionados.

—Vale. Por ahora no veo nada. Este primer documento es solo una especie de certificado de residencia en Rusia, algo que habría traído para dar fe de su identidad.

—¿Ah, sí? Bueno —dijo Hulda, un poco decepcionada. Los papeles eran su último atisbo de esperanza—. Por favor, repásalo a fondo —agregó con tanta educación como pudo.

—Ya, ya.

Bjartur siguió leyendo en silencio, dándole la espalda a Hulda, que estaba sentada al borde de la cama, aguardando entre el temor y la esperanza. Al cabo de un buen rato, el traductor mostró por fin alguna reacción.

—Vaya... —Era evidente que algo en la documentación lo había sorprendido—. Vaya... —repitió.

—¿Qué? —Hulda se puso de pie para mirar los papeles por encima del hombro. Estaba leyendo el último documento, escrito a mano—. ¿Hay algo ahí? —se impacientó.

—Bueno... Yo no diría que... O sea...

—¡¿Qué?! —preguntó incisiva la inspectora—. ¿Qué pone ahí?

—Está hablando de un viaje que hizo al interior con una amiga a la que llama K. ¿Podría ser Katya?

—Sí, podría ser. —Hulda notó cómo el corazón se le aceleraba. «Por fin.»

—Y con alguien más... No sé si un hombre o una mujer...

—Venga, suéltalo...

—Otra vez solo hay una inicial. Pero por el contexto, tiene toda la pinta de que era un tío.

—¿Y qué inicial es?

—La A.

XIX

Él tan solo se rio.

—Suelta el piolet y hablemos. De todas formas, no tienes agallas para usarlo.

Ella estaba fuera de sí del miedo. Intentando mostrarse todo lo amenazadora que pudo, retrocedió unos pasos hacia la salida mientras blandía el piolet en su dirección con una mano y tanteaba con la otra en busca del pomo de la puerta.

Él no parecía en absoluto amedrentado y se acercaba cada vez más a ella. De pronto, en un visto y no visto, le arrebató el piolet de un tirón.

Durante unos segundos, él se limitó a permanecer inmóvil a un paso de distancia.

Ella, por su parte, no era capaz de moverse ni un ápice, aun cuando sabía que tenía que intentar salir.

Entonces él la embistió.

¿El piolet le había dado en la cabeza? Una sen-

sación de desconcertante incredulidad la embargó durante una fracción de segundo; seguía demasiado entumecida por el frío para estar segura de lo que había pasado.

Después se llevó una mano a la cabeza, y notó la tibia sangre manar.

XX

—¿La letra A?

—Sí.

—No será...

—También se me ha pasado por la cabeza —asintió Bjartur, poco convencido.

Hulda dio voz a la sospecha:

—¿Albert?

—Justo.

—Pero quizá fuese una escapada inocente. Algo relacionado con la preparación de su caso. ¿Es posible que Albert fuera también el abogado de Katya?

Bjartur se encogió de hombros.

—No es que esto suene muy inocente que se diga: ella está insinuando alguna clase de violencia. Parece un fragmento de un diario. A lo mejor quiso dejarlo por escrito, por si acaso le pasaba algo. Al menos, si asumimos que esto lo ha escrito

Elena. Apenas hablaba media palabra de islandés, así que lo habría escrito en ruso.

—¿Y entonces Albert lo encontró, sin saber lo que decía, y me lo entregó a mí?

—Qué ironía —dijo Bjartur antes de añadir—: ¿Sabe?, me siento como si estuviera metido en medio de una novela policiaca. Las devoraba cuando era un crío. —Sonrió de oreja a oreja, como si estuviese disfrutando en su papel de asistente de detective.

—Maldita sea —masculló Hulda para el cuello de la camisa. ¿Qué debía hacer al respecto? ¿Cabía la posibilidad de que fuese Albert, y no su hermano, quien ocultaba algo?

—Déjeme leer un poco más. —Bjartur regresó a los papeles. Iba asintiendo con la cabeza según leía—. Exacto, sí —dijo, metido de lleno en su papel—. ¿Sabe una cosa? —Alzó la mirada hacia ella—. Creo que sé adónde fueron. Es un sitio que está como a hora y media de Reikiavik.

Mencionó un valle del que Hulda nunca había oído hablar, pero es que lo suyo eran las cumbres, los valles no eran emocionantes. Bjartur siguió hablando:

—Aun así, resulta extraño, porque habla de una casa, pero hasta donde yo sé, el valle está deshabitado.

—¿Me lo puedes señalar en un mapa? —preguntó Hulda.

—Puedo hacer más que eso: puedo acompañarla hasta allí —se ofreció encantado—. No tengo nada importante que hacer.

Hulda no se lo pensó dos veces.

—Estupendo, gracias. Luego hablaré con Albert. ¿Puedes traducirme el documento palabra por palabra?

—Sí, puedo leérselo mientras vamos de camino. ¿Podemos ir en su coche?... Creo que no tengo..., emm, no me queda suficiente gasolina en el mío.

«Está claro que el oficio de traductor solo da para ir tirando», pensó Hulda, sintiendo cierta lástima por el hombre.

La inspectora conducía su viejo Škoda mientras Bjartur le iba marcando el camino. Él no tardó mucho en informarla del contenido del documento. Elena había hecho una excursión a aquel valle en compañía de dos personas: una mujer con la inicial K y un hombre cuyo nombre empezaba por la letra A. Allí hicieron noche en una especie de casa de verano, pero la estancia tuvo un final abrupto cuando el hombre agredió a la otra mujer.

A Hulda le resultaba difícil creer que Albert fuera el implicado, pero tampoco podía descartarlo. ¿Cabía dentro de lo posible que él las hubiese asesinado a ambas, tanto a Katya como a Elena? Y su hermano, ¿estaba implicado de algún modo?

Comenzó a sonarle el móvil y Hulda deseó de

corazón que no fuera Magnús. Seguía todavía medio aturdida por las últimas conversaciones con él, aún no se sentía de una pieza. Habría necesitado al menos otro día para resolver el caso, un día en el que se sintiese más lúcida, más a gusto consigo misma. Y tal vez —se le pasó por la cabeza instintivamente— tampoco le habría venido mal tener unos cuantos años menos.

Detuvo el coche en el arcén y descolgó el móvil, a pesar de que era un número desconocido.

—¿Hulda? Oiga, soy Baldur. Baldur Albertsson, el hermano de Albert.

—¿Qué? Ah, sí, hola...

—Albert me ha dicho que quería usted hablar conmigo de alguna cosa... —Parecía nervioso.

—Sí, exacto. Se trata de Elena, la chica rusa a la que su hermano representaba.

—Sí...

—¿Llegó usted a conocerla?

—¿Yo? No... —vaciló, y Hulda dejó que el silencio se alargase—. No..., pero yo, bueno, sí la vi una o dos veces. ¿Por qué lo pregunta?

—¿Dónde la vio?

—Fui a buscarla a Njardvík en dos ocasiones.

—¿Ah, sí? ¿Por qué motivo?

—Para hacerle un favor a mi hermano. Debía encontrarse con ella, pero no le daba tiempo a ir a recogerla. Estaba ocupado en unas reuniones o algo por el estilo. Así que yo fui en su todoterreno a buscarla. No era gran cosa. Lo registramos después como horas de trabajo, ¿sabe?, las horas y el coste del transporte. Eso no supondrá un problema, ¿no? Por supuesto, no son trabajos que él haya hecho personalmente, pero que lo haga yo tampoco supone ningún fraude fiscal. Yo solo le echo una mano si estoy libre. Es lo mínimo que puedo hacer, dado que vivo en su casa. Me gusta poner mi granito de arena. —Baldur resollaba al teléfono.

¿Eso era todo? ¿No tenía otra conexión con el caso? ¿Solo estaba haciéndole un favor a su hermano?

A Hulda le entraron ganas de preguntarle si Albert también había representado a la otra muchacha rusa, Katya, pero vaciló. Probablemente era mejor guardarse ese as en la manga para cuando viese a Albert cara a cara.

—Gracias, no pasa nada, Baldur. Solo quería comprobarlo. Te vieron recogerla en Njardvík, y necesitaba saber por qué lo hiciste. Pero no te preocupes. Todo eso está muy bien.

—Vale, gracias. Yo..., bueno, uno no suele verse metido en asuntos policiales así.

—Exacto, y menos mal.

—Sí, eso.

—Gracias por llamar, Baldur. Dale recuerdos a tu hermano de mi parte.

En cuanto colgó, su pensamiento voló a la chica siria, Amena. Era como si ahí bullese algo bajo la superficie. Había dicho algo..., algo que podría ser importante y que se le había escapado a Hulda a la primera. ¡Demonios! En los viejos tiempos había sido más aplicada en tomar apuntes, y además tenía mejor memoria por aquel entonces. Era algo... Algo que había dicho... Intentó visualizar a la muchacha, en la celda. Sí, prostitución. Amena había negado tajantemente que Elena se prostituyera. Una negación de lo más convincente, a decir verdad. También le había advertido de la existencia de la otra rusa, Katya. Y del permiso de residencia. De que Elena había obtenido el permiso de residencia. Sí, justo... Era algo que tenía que ver con eso. Pero ¿qué diablos era?

—Perdone, ¿le puedo pedir prestado el móvil un segundo? Me he olvidado de avisar a mis padres de que he salido —dijo Bjartur antes de que Hulda volviera a arrancar el coche—. Y la verdad es que... no tengo saldo en el mío. —Le sonrió, cortado.

—Desde luego. —Le tendió el teléfono.

Él marcó un número y esperó.

—Hola, papá. Escucha... Sí, justo... —Volvió a sonreírle a Hulda y se apeó del coche.

Ella aprovechó para poner la radio y recostarse en el asiento. Había sido un día largo, y aún no había acabado. El cielo se había ido despejando y en esos instantes el sol vespertino brillaba en lo alto. Desde luego, mayo era la mejor época del año en la fría Islandia.

Bjartur volvió al coche al poco rato.

—Perdone. Ya podemos seguir. —Sonrió—. Estamos como a media hora.

Llevaban en torno a una hora de viaje y Hulda ya iba notando el cansancio. A lo mejor podía pedirle a Bjartur que condujese él a la vuelta. Más valía que ese viaje diera algún resultado. Además, se había prometido a sí misma que iba a retirarse al acabar el día, pero ¿sería capaz? ¿No debería hablar con Albert? ¿O directamente, entregar toda la información a Magnús y que le dejase finalizar la investigación? Aunque no iba a ser nada sencillo presentarse ante el jefe acusando a Albert, antiguo compañero de trabajo de ambos, de dos homicidios. Uña y carne, los muchachos. Y Albert había sido de la camarilla pese a haber trabajado como abogado y no como policía.

¡Por todos los santos! Tal vez lo mejor fuese olvidarse de todo eso. Dar por zanjada esa excursión, irse a casa a dormir y empezar una nueva vida cuando el bendito sol volviera a salir; una nueva vida con Pétur.

XXI

Tras un minuto, él tanteó la mesa en busca de una de las linternas frontales y la encendió. Luego clavó los ojos en la mujer mientras intentaba asimilar lo que acababa de hacer. Había estado enamorado de ella, y ahora yacía ahí, muerta, a sus pies. Él la había asesinado. Todo resultaba tan extraño...

A partir de este instante tenía que salvar lo que estuviera en su mano. Pensar con lógica. Tratar de evitar que se filtrara demasiada sangre en el suelo del refugio.

Lo más importante era que nadie, aparte de ellos dos, sabía que habían ido de excursión. A nadie se le ocurriría buscarlos aquí ahora, ni buscar huellas del crimen más adelante.

Todavía era de noche, lo que significaba que tenía bastante tiempo. Necesitaba mantener la cabeza fría y trabajar de manera metódica.

Era la primera vez que mataba a una persona y, a decir verdad, había resultado incómodamente fácil.

XXII

—Creo que estamos en el sitio correcto —dijo Baldur—. Este es el valle que mencionaba Elena, pero no me consta que aquí haya ninguna casa. Aunque, por otro lado, hace mucho que no vengo. —Hizo una pausa y añadió—: ¿Está segura de que esto es una buena idea? No estoy acostumbrado a perseguir asesinos, ya me entiende...

—No vale la pena dar la vuelta habiendo llegado hasta aquí —respondió Hulda—. No te preocupes, te aseguro de que no corremos peligro alguno. ¿Vamos en la dirección correcta? ¿Tenemos que seguir valle adentro?

Hulda estaba cansada; en el fondo hubiera preferido dar la vuelta. Además, ahora el camino era una pista sin asfaltar e iba empeorando según avanzaban.

—Sí, es la correcta.

De reojo, la inspectora vio que sonreía, imaginó que orgulloso de colaborar diligentemente en una investigación criminal.

Mientras conducía por el valle, se le pasó por la cabeza que su viejo Škoda quizá no aguantaría esos caminos de cabras, aunque otros asuntos más acuciantes rondaban su pensamiento: la muerte en el Hospital Nacional, la madre que iba rumbo a la cárcel, las consecuencias que ese terrible suceso tendría para ella misma, cómo lo había echado todo a perder en un instante. Prácticamente había olvidado a Elena, y si no había dado la vuelta hacía ya unos cuantos kilómetros era más que nada por una especie del sentido del deber hacia Bjartur, que había decidido sacrificar su tiempo para ayudarla.

La noche era hermosa, el sol seguía brillando en un cielo casi libre de nubes y un grupo de arbolitos recién plantados proyectaban sus delgadas sombras sobre la pálida hierba del valle; las laderas aún no habían reverdecido, la primavera no estaba tan avanzada como en la ciudad. Hulda observó el vasto cielo azul y, por un momento, los espacios abiertos del valle le proporcionaron una especie de sensación de libertad, de que era capaz de hacer lo que deseara, pero pronto volvió a apoderarse de ella el cansancio, y hubiera dado lo que fuese para poder disfrutar del buen tiempo en cualquier otro lugar, como por ejemplo el jardín de casa de Pétur en Fossvogur.

—A lo mejor deberíamos dar esto por concluido —dijo Hulda a media voz unos minutos más tarde.

—Sí, estoy de acuerdo... Creo que hay un buen sitio para dar la vuelta un poco más adelante —contestó Bjartur. Acto seguido, gritó—: ¡Mire, una casa! Ahí hay una casa. Esto es nuevo. No estaba la última vez que subí aquí.

Hulda aminoró la marcha mientras miraba hacia donde señalaba Bjartur.

—¿Vamos a verla de cerca? —preguntó Bjartur—. Tiene que ser la casa que mencionaba Elena en su escrito.

—Claro, echémosle un vistazo.

«Casa» no era exactamente el término apropiado. Lo que tenían delante era una choza primitiva, una especie de cabaña o de refugio. A su lado se alzaban los cimientos de una casa más grande, en proceso de construcción, a pesar de que no había nadie allí esa noche. Hulda aparcó delante de la choza y, al apearse, observó los alrededores con atención, como solía hacer. Era imposible que alguien pudiera ocultarse ahí, con esa luminosidad vespertina septentrional. El único escondite posible era la choza.

Miró a Bjartur.

—Aquí no hay nada que ver.

—¿No deberíamos al menos echar un vistazo dentro? —insistió él.

—No disponemos de una orden de registro

—contestó la inspectora, aunque era muy tentador romper una norma más, tal como estaban las cosas y ya que se habían molestado en viajar hasta allí.

—Podríamos echar una ojeada por las ventanas —sugirió Bjartur.

Hulda se encogió de hombros. No le podía prohibir hacer eso.

Él dio una vuelta alrededor de la choza, mirando por las pocas ventanas que tenía. Después agarró de improviso el pomo de la puerta y abrió.

—No tiene echada la llave —gritó antes de meterse dentro.

—Al carajo —mascculló Hulda y siguió a Bjartur adentro, aunque sin prisas. Al fin y al cabo no la podían despedir dos veces, en caso de que esto se supiese.

Al entrar notó que el corazón se le aceleraba y la adrenalina corría por sus venas. Y en ese mismo instante, de repente, comprendió qué era lo que Amena le había dicho: que Elena había estado un buen rato hablando por el teléfono de la recepción la noche antes de morir. Y alguien le había dicho a Hulda que ese teléfono tenía bloqueadas todas las llamadas al extranjero. Elena solo hablaba ruso. ¿Acaso habría estado hablando con Bjartur?

Bjartur.

¿Dónde se había metido? No había ni rastro de él dentro de la choza. Antes de que le diese tiempo de volver la vista atrás, notó un fuerte golpe en la cabeza.

XXIII

Tardó un buen rato en limpiar el refugio y dejarlo en condiciones, aunque quedó claro que tendría que regresar cuanto antes con sustancias más fuertes para poder eliminar todo rastro de sangre, en la medida de lo posible. Sentía una extraña indiferencia, como si hubiese sido otra persona quien había golpeado a la mujer en la cabeza con el piolet y a él le hubiese tocado limpiar el escenario. En cierto modo le sabía mal por Katya, pero a la vez estaba furioso por su comportamiento. No merecía morir, aunque en esas circunstancias tampoco le había dejado más remedio.

A juzgar por las fechas del libro de huéspedes del refugio, normalmente solían transcurrir varios días, incluso semanas, entre una visita y otra, así que no debería haber problema, con tal de que volviera esa misma noche.

Lo prioritario era librarse del cadáver.

Tras meterlo en el saco de dormir, lo arrastró sobre la nieve hasta el coche. En plena noche y en mitad de las deshabitadas Tierras Altas del interior, podía estar bastante seguro de actuar sin que nadie le viera ni le estorbase. El problema era cómo deshacerse del cuerpo. Todo lo que se le ocurría entrañaba algún riesgo, algunos mayores que otros.

Al final tomó la decisión de conducir el vehículo tierra adentro rumbo a las faldas de un glaciar próximo, del que descendía una lengua de hielo llena de grietas que él conocía bien, un lugar idóneo para sus propósitos. El último tramo era inaccesible en coche, pero en esas condiciones, con el frío y la nieve, resultaría seguro atravesarlo usando esquíes. Ese plan nunca habría sido posible en verano, cuando los glaciares estaban llenos de turistas pululando, pero en esta época del año valía la pena arriesgarse. De modo que hacia allí se dirigía, y allí era donde se aseguraría de que Katya desapareciese para siempre.

XXIV

Hulda había cerrado los ojos a la verdad durante demasiado tiempo, y a esas alturas ya había vivido décadas con las devastadoras consecuencias de aquel hecho. No sabía exactamente cuándo se había dado cuenta de lo que pasaba, pero, en todo caso, su reacción llegó demasiado tarde. Parte de la explicación la achacaba a una especie de negación, y otra parte, a su ceguera ante acontecimientos que tenían lugar delante de sus propios ojos. Y eso a pesar de que siempre se había considerado una policía de primera, precisamente porque nada se le escapaba en las investigaciones; siempre era capaz de ver antes que nadie a través de las mentiras y los engaños.

Pero el crimen se había cometido en su propia casa y no se había enterado de nada.

O no quiso enterarse. La ironía resultaba punzante.

Por supuesto, fue tremendamente duro afrontar aquello. Había estado enamorada de Jón durante muchísimos años; se conocieron jóvenes y se casaron jóvenes, y él siempre la había tratado bien, se había mostrado sincero y de fiar. Y el amor había florecido, al menos durante un tiempo. Por eso fue fácil cerrar los ojos ante unos cuantos indicios dispersos, convencerse de que significaban otra cosa.

Ambos habían sido unos padres orgullosos, felices con el nacimiento de la pequeña Dimma. Pero más adelante, en cuanto cumplió diez años, la niña comenzó a mostrar un comportamiento extraño, una especie de depresión. Y Hulda seguía sin sumar dos más dos, permitiéndose el lujo de vivir en el engaño, de creer que las causas se encontraban fuera del hogar.

Desde luego que había intentado hablar con su hija, preguntarle por qué se sentía tan mal, qué le ocurría, pero Dimma se cerró en banda y se negaba a contestar con sinceridad, decidida a llevar el sufrimiento en silencio. Más adelante, en retrospectiva, Hulda lamentó no haber actuado con mayor decisión, no haber exigido respuestas. La niña se había encontrado en un situación imposible, hundiéndose cada día más en el abismo.

Las últimas semanas antes de que Dimma se quitara la vida, a los trece años, Hulda no durmió bien, como si tuviera la premonición de que algo malo iba a suceder. Y, sin embargo, no intervino con la firmeza que quizá le habría salvado la vida a su hija.

En cuanto Dimma murió, y en cuanto vio la reacción de Jón, supo la verdad. No le hizo falta preguntarle, y a él no le hizo falta contestar. Todo cambió de golpe. Por alguna razón mantuvieron la farsa, siguieron conviviendo y actuando como marido y mujer de puertas afuera, a pesar de que el matrimonio había acabado en aquel instante. A lo mejor ella pretendió evitar las secuelas de un ajuste de cuentas directo con Jón, que su terrible culpa pudiera de alguna forma arrojar su reflejo sobre ella. Que las malas lenguas se desatasen y dijesen que ella tendría que haberlo sabido, que podría haber hecho algo para detenerlo, para salvar a la niña. Para salvar la vida de Dimma. Y lo peor de todo fue que quizá había una pizca de verdad en aquello. Por eso no dijo nada al hombre a quien una vez quiso. Jamás le preguntó qué le había hecho a esa hija a quien ella había amado más que a la vida misma. No quiso saber cuánto tiempo había durado el abuso, cuándo había empezado. Sin embargo, sabía que el suicidio de su pequeña había sido consecuencia directa de aquel abuso. Dimma murió por su propia mano, pero toda la responsabilidad recaía en Jón.

Además, no habría soportado escuchar los detalles, visualizar nada de aquel espanto, de aquellos actos enfermizos a los que él sometió a su hija.

Al morir Dimma, algo murió dentro de Hulda.

Los momentos en los que se sentía más hundida, los momentos en los que el dolor era demasiado grande, los días en los que se culpaba a sí misma de lo ocurrido, la ira que sentía hacia Jón era lo único que la mantenía con vida. Y esos días fueron muchos, igual que las noches en blanco.

Tras el fallecimiento de la hija, nunca volvieron a hablar de ella, nunca volvieron a pronunciar su nombre. Hulda no se veía capaz de mencionarla en presencia de ese hombre a quien ya no conocía, de ese..., ese monstruo. Y Jón tuvo el sentido común de no hablar jamás de Dimma si Hulda podía oírlo.

XXV

Hulda tardó un rato en recobrar el sentido. Al principio no recordaba lo que había sucedido, ni dónde estaba, ni con quién. Y en cuanto se dio cuenta e intentó abrir los ojos, le sobrevino un espantoso dolor de cabeza.

Estaba tumbada en algún lado, pero ¿dónde? Sobre ella había un cielo estrellado, pero también... ¿era tierra? ¿Dónde diablos estaba?

Volvió a cerrar los ojos; el dolor de cabeza la estaba matando... Sí, Bjartur la había golpeado en la sien. Al abrir los ojos de nuevo, comprendió espantada que estaba tirada en los cimientos de la casa a medio construir, en el maldito valle.

Y entonces vio a Bjartur, pala en mano.

Trató de gritar, pero tan pronto como abrió la boca notó el sabor de la tierra, de la arena. La escupió y logró chillar, con la boca seca como la lija:

—¿Qué estás haciendo?

Bjartur sonrió, con un gesto horrorosamente frío.

—La verdad es que no me esperaba que volvieras a despertar —dijo en tono tranquilo—. Puedes gritar todo lo que quieras, estamos solos. El dueño de esta propiedad es un amigo mío; lo he estado ayudando a construir una casa de veraneo.

Hulda intentó incorporarse, pero no pudo.

—De todos modos, te he atado, solo por asegurarme, ¿entiendes? —continuó, y echó una palada de tierra encima de ella.

La tierra le cayó en el pecho y la cara; instintivamente había cerrado la boca y los párpados, y al abrirlos de nuevo notó los aguijonazos de la arenilla en los ojos.

—¿Qué coño crees que estás haciendo? —gritó Hulda, y por un instante el miedo dio paso a la rabia.

—Te estoy enterrando en los cimientos, para hacerte desaparecer. Bajo una casa de veraneo. Créeme que lamento tener que hacer esto, una dama como tú...

La mente de Hulda trabajaba a toda velocidad, necesitaba ganar tiempo:

—¿Me puedes..., me puedes dar agua?

—¿Agua? —Se lo pensó—. No, no vale la pena. Es culpa tuya, ya lo sabes. ¡No deberías haber metido las narices preguntándome sobre Katya! Nadie había relacionado a Katya y a Elena... conmigo. No puedo correr ningún riesgo, tienes que entenderlo.

—¿Así que me vas a matar?

—Te voy a enterrar. Y después de eso... Sí, lo normal es que mueras.

Hulda notaba el corazón desbocado. Se retorció, pero solo logró moverse medio palmo de un lado a otro. Bjartur presionó la punta de la pala contra su pecho:

—¡Quédate quieta!

—¿Es así..., es así como hiciste desaparecer a Katya...? —preguntó.

—Más o menos. Aunque ella... descansa en otra parte.

—¿Dónde?

—Creo que eso no es asunto tuyo, aunque por otro lado tampoco es que vayas a poder contárselo a nadie. Está en un sitio más frío que tú. —Sonrió—. Ella y yo también hicimos una excusión al campo, pero en circunstancias completamente distintas, claro. Estaba enamorado de ella y ella lo sabía. Yo creía que nuestro viaje iba a ser el comienzo de una relación, solo que por lo visto ella no pensaba igual y... Bueno, pasó lo que pasó.

Hulda trató de serenar la respiración, de relajarse. Tenía que encontrar una salida. Convencerlo con palabras. Para conseguirlo, debía ganar tiempo, hacer que siguiera hablando. Cualquier cosa con tal de no pensar que ese hombre quería enterrarla viva.

—También asesinaste a Elena, ¿verdad? —dijo, controlando el tono de voz—. Hablasteis un largo rato la noche antes de que muriera; nunca lo has mencionado.

—Elena. Ella lo dedujo. —Por un momento, Bjartur dejó de echar tierra encima de Hulda—. Era la única que sabía que Katya y yo éramos buenos amigos. Y no paraba de darme la lata preguntando qué le había pasado. Al principio le mentí y le dije que había ayudado a Katya a desaparecer, que estaba escondida en el interior. Pero ella no paraba de insistirme en que la dejase ir a verla. Y, entonces, me llamó la noche que..., que murió. Me amenazó con ir a la policía. Intenté disuadirla. Tuve que pararle los pies, ¿entiendes?

Hulda asintió con la cabeza.

—La invité a dar un paseo hasta la playa más tarde esa misma noche. Ella no tenía motivos para tenerme miedo.

XXVI

—¡Tengo que ver a Katya! —insistía Elena por teléfono—. ¡Debo hacerlo!

—Es posible —contestó Bjartur, hablando en ruso como ella.

Estaba sentado en su garaje, o mejor dicho, en el garaje de sus padres. Había sido un mes difícil: no había suficiente trabajo y estaba demasiado alicaído como para seguir con su novela. Además, el incidente en las Tierras Altas asediaba su pensamiento: no dejaba de revivir una y otra vez el momento en que se vio obligado a matar a la mujer que amaba. A Katya, la joven que había llegado a Islandia como solicitante de asilo y a la que había conocido cuando le pidieron que fuese su intérprete. Enseguida conectaron muy bien, eso le había parecido. Y era tan guapa... Como Katya apenas entendía alguna palabra de inglés, a menudo buscaba su ayuda, y a veces se quedaban sentados hablando hasta altas horas de la noche. Compartían el interés por la naturaleza y la literatura rusa. A él las mujeres nunca se le habían dado bien, al menos no las islandesas, y a sus casi cuarenta años ya se había resignado a quedarse soltero lo que le restaba de vida. Pero entonces apareció Katya. Fantaseaba con que se iban a casar, lo que a ella le proporcionaría el permiso de permanencia... Quizá entonces él podría marcharse al fin del hogar familiar, o enviar a sus padres a una residencia de ancianos y mudarse a vivir con Katya a su casa. En su cabeza había planeado su futuro, y ahora tan solo esperaba la oportunidad propicia, convencido de que Katya albergaba los mismos sentimientos. Que lo amaba. Luego ella había mencionado que le gustaría salir al campo algún día y él le tomó la palabra, convencido de que ahí se presentaría la oportunidad. Irían a las Tierras Altas del interior, pasarían la noche en un refugio de montaña, lejos de todos, en pleno invierno, y allí echaría a rodar su relación.

Pero entonces nada fue como él había imaginado. Se había visto obligado a matarla. Por supuesto, no quiso hacerlo, pero a veces uno no tiene otra opción.

Como en el caso de Elena: también a ella había tenido que matarla. Sabía de su amistad con Katya y no paraba de preguntarle por ella. Al final tuvo que contarle la mentira de que la había ayudado a desaparecer: le dijo que Katya y él se habían liado, pero que ella se enteró de que probablemente iban a denegarle el permiso de residencia y que le entró pánico. Por supuesto, era un embuste, pero algo tenía que decir, alguna excusa que resultase medianamente creíble. Le contó que su amiga se había visto obligada a esconderse, y Elena se lo creyó a pies juntillas.

Había rogado a todos los dioses por que denegaran el permiso de Elena y la expulsaran de Islandia cuanto antes para no tener que volver a verla, con lo que la suerte de Katya nunca saldría a la luz. La policía la había buscado pero nadie se había enterado de su excursión, y nadie —salvo Elena— sabía que él tenía buena relación con Katya. Buena, al menos, hasta la noche en el refugio de montaña.

Pero después, esa misma noche, llegó la llamada telefónica de Elena, que lo dejó bastante alterado. Había recibido la noticia de que le concedían el permiso de residencia y quería ver a Katya para comunicarle la buena nueva e intentar convencerla de salir de su escondite. Para que pudieran estar juntas en Islandia.

—Tengo que verla —insistió—. Y tú eres el único que puede ayudarme. Solo dime dónde está. No se lo contaré a nadie. Solo quiero verla y charlar con ella.

—No podemos correr ese riesgo —contestó él.

Se produjo un silencio en la línea.

—Entonces iré a la policía —anunció Elena.

—¿A la policía?

—Sí. Les diré que tú la ayudaste a escapar. La

policía te interrogará y tendrás que contar la verdad. Y puede que así haya una oportunidad para ella, ¿entiendes? La oportunidad de conseguir un auténtico permiso de residencia. ¡Tiene que regresar!

Hubo otro silencio. La llamada había durado tanto tiempo que Bjartur sentía los nervios de punta. Estaba agotado. Agotado de mentir. Y ahora, además, tenía miedo. No podía ir a la cárcel. Simplemente no podía. Ese asesinato no debía salir a la luz. El cadáver estaba en el fondo de alguna grieta en un glaciar y él había limpiado en la medida de lo posible todas las huellas del crimen en el refugio. Además, nadie sabía que habían ido allí. Estaba a salvo, o lo estaría, de no ser porque esa puta iba a estropearlo todo.

—Vale —dijo al final.

—¿Vale? —repitió Elena, con evidente sorpresa—. ¿Quieres que vaya a la policía?

—No, te diré dónde está. O... —una breve pausa dramática—, ¿no preferirías ir conmigo a verla esta noche?

—¿Cómo? Claro que sí. ¿En serio?

—Sí. Seguro que no hay problema. Es un gran día, noticias excitantes... Yo te acompañaré.

Mientras hablaba pensaba con rapidez; ya había elegido el lugar idóneo: una pequeña cala a medio camino entre Keflavík y Reikiavik. Conocía la zona bien, como de hecho casi toda la geografía de Islandia por su trabajo como guía, además de aplicarse en la búsqueda de información a través de la lectura. La ventaja de esa cala era que nadie los molestaría. Ni siquiera se podía llegar hasta allí en coche. Tendrían que caminar un buen trecho.

—¿Podrías venir a buscarme? —preguntó ella por teléfono.

—Eh... Al albergue no. Nadie puede verme, por Katya, ¿entiendes?

Mencionó una tienda a poca distancia a pie del albergue como su punto de encuentro.

—Oye, esto queda muy lejos —se quejó Elena, con la voz temblorosa por el frío.

No había nieve, aunque la temperatura había caído en picado y ella no llevaba buena ropa de abrigo, pero no había nada que hacer al respecto. Bjartur iba indicando el camino por la pista en dirección a la cala. Delante había dos granjas abandonadas, aunque costaba verlas en la penumbra.

—Katya está en esa, la más cerca del mar —dijo él.

—¿En serio? ¿Katya está ahí?

—Sí, a nadie se le ocurriría buscar aquí.

—Increíble. ¿Ha vivido aquí todo este tiempo?

—Primero estuvo en mi casa. —Bjartur tiñó la voz de cierta calidez—. Pero era demasiado arriesgado. Mis padres viven conmigo y son bastante mayores, salen poco. La podrían haber visto.

Elena asintió con un movimiento de cabeza.

—Entiendo.

A él le costaba interpretar su rostro. ¿De verdad le creía?

—Seguro que le dan el permiso de residencia, como a mí —añadió ella—. Nuestras circunstancias no son tan diferentes.

—Exacto —asintió Bjartur—. Exacto.

—Sin embargo... Lo peor es que se largara así. ¿Fue idea tuya? —Su tono era incisivo.

—¿Idea mía? En absoluto. —Bjartur adoptó un tono dolido—. Intenté disuadirla.

—¿Sabe algo de nosotros? ¿Que venimos?

—No. No tiene móvil.

Elena se quedó callada.

Solo volvió a hablar al acercarse a las casas:

—Sabes, esto no pinta bien, Bjartur. Nadie puede vivir aquí. Ni siquiera hay cristales en las ventanas; esta casa está vacía.

—No seas tonta. Te aseguro que está ahí.

Elena volvió el rostro hacia él y lo miró con los ojos entornados y una mueca de evidente desconfianza.

—¿Me estás mintiendo?

Hacía frío y estaba oscuro, y él supo que ella tenía miedo.

Bjartur se detuvo. Apenas se notaba un soplo de aire y el murmullo de las olas resultaba hechizante. La miró. Ella ya no tenía escapatoria.

—¿Eh? ¿Me estás mintiendo? —insistió ella—. ¿Por qué me mientes? —Alzó la voz—: ¿Dónde está Katya?

Retrocedió unos pasos. Bjartur se quedó inmóvil.

Acto seguido, ella se giró y salió corriendo hasta perderse de vista en la negrura.

Él no tardó en alcanzarla. La tiró al suelo, la golpeó en la cabeza con una piedra y la dejó inconsciente. ¿Estaba muerta? Probablemente no. Creyó notarle el pulso.

La levantó y la bajó en brazos hasta la cala, tropezando una o dos veces en la oscuridad. Finalmente la tendió boca abajo en la orilla y le sumergió la cabeza en el agua salada del mar, con gesto delicado.

XXVII

—Entonces ¿no había nada en esos documentos que he traído? —preguntó Hulda, intentando mantener viva la conversación.

Bjartur se rio.

—¡Nada de interés! Tuve que pensar rápido cuando mencionaste a Katya, ¿sabes? Conseguir que salieras de la ciudad... Tenía que librarme de ti. No me has dejado alternativa.

Hulda maldijo para sus adentros. Qué asco de día. Todos sus errores se confabularon para asediarla en ese instante: la confesión de Emma, el asesinato en el hospital, la detención de Áki... No tendría que haberse levantado esa mañana. En circunstancias normales habría advertido antes el peligro, pero las preocupaciones le habían embotado el instinto. Al menos eso se decía a sí misma.

—Por favor, dame un poco de agua —dijo a continuación; aunque iba en contra de todos sus principios pedirle nada a ese hombre, necesitaba beber algo.

—Luego —contestó él.

Ella no supo si lo decía en serio.

—¿Las dos..., las dos se prostituían? —preguntó Hulda.

Bjartur soltó una risotada.

—Por supuesto que no. Ninguna de las dos. Eran buenas chicas, sobre todo Katya. Ella era maravillosa.

—Pero... —En ese instante, de repente y demasiado tarde, Hulda cayó en la cuenta de cómo Bjartur la había despistado al principio de la investigación.

—Sí, me sorprendió mucho tu visita —dijo el intérprete—. Creía que el caso estaba cerrado desde hacía tiempo. No tuve más remedio que intentar alejar tu atención de mí. Por eso se me ocurrió contarte la mentira de que Elena estaba metida en la prostitución. Y funcionó, ¿verdad?

Hulda parpadeó, tenía los ojos llenos de arenilla, pero intentó mantenerlos abiertos y vio cómo Bjartur sonreía de medio lado.

Ella notaba que su angustia iba creciendo, pero trató de que el temor no la paralizara. Volvió a cerrar los ojos y se concentró en el canto de los pájaros. Tenía que haber alguien que viniera en su auxilio. Aunque ya eran más de las doce, seguro que habría alguien por los alrededores. O a lo mejor Bjartur cambiaba de idea, quizá solo intentaba asustarla... Sin embargo, sentía cómo sus esperanzas disminuían con cada segundo que pasaba.

—No te saldrás con la tuya esta vez —dijo al final, aunque ni siquiera ella se lo creía del todo.

—Ya me he salido con la mía en dos asesinatos. Estoy volviéndome todo un experto. Y me aseguraré de que nunca te encuentren. Esta semana echaremos el hormigón de los cimientos.

—Pero...

Pensó en su móvil. Tenía que ser posible usarlo para localizarla. Incluso aunque tal vez resultara demasiado tarde para salvarle la vida...

De nuevo tuvo la impresión de que Bjartur podía leer sus pensamientos.

—Me encargué de tu móvil hace mucho. ¿Te acuerdas de cuando me lo has dejado y he fingido que llamaba a mi padre? Le he quitado la batería.

—¿Y qué pasa con mi coche?

—Ese sí es un pequeño lío, pero me desharé de él en algún lado. Lo despeñaré por cualquier acantilado para que se hunda en el mar y ya me las apañaré para volver a Reikiavik. A fin de cuentas, a nadie le importa demasiado por dónde ando; nunca he estado bajo sospecha en este caso. No te preocupes; me saldré con la mía.

Y siguió echando tierra.

XXVIII

La ventaja de la oscuridad es que en ella no hay sombras.

Hulda cerró los ojos.

Iba a dejar de luchar. Iba a bajar los brazos.

La sensación de claustrofobia era horrible, indescriptible, pero el mero hecho de rendirse, de aceptar que nadie acudiría en su auxilio, que esos eran su últimos momentos, le proporcionó cierta calma. Ya no tendría que pasar por la humillación de ir a juicio acusada de negligencia profesional. Con ella muerta, Magnús archivaría el caso; de eso estaba segura. Pensó en Pétur. En ese preciso momento la estaría esperando; a lo mejor, ya la habría llamado. Y tendría que seguir esperando para siempre.

La tierra le cubría la cara casi por completo.

Ante todo, la muerte conllevaba misericordia: el final de las pesadillas; tal vez obtendría el ansiado perdón, y paz en el alma. Llevaba décadas intentando hacer penitencia por eso que le pesaba tanto, primordialmente a través de mostrar comprensión y compasión hacia los inculpados. E incluso a veces pasándose de la raya, como en el caso de Emma. Sí, la mujer había cometido un delito al atropellar a un pederasta, pero la entendía demasiado bien.

Ya no sabía cuánto le quedaba de vida, quizá solo algunos segundos.

Sus pensamientos viajaron hasta Jón y Dimma.

Durante un tiempo no había amado a nadie en el mundo con tanta pasión como a ellos dos, su marido y su hija. Pero cuando se enteró de que Jón había sometido a Dimma a una crueldad intolerable, ese amor por él se transformó en odio. En un abrir y cerrar de ojos había perdido a sus dos seres queridos: Dimma se quitó la vida y Jón se transformó en un monstruo. El odio aumentaba con cada día que pasaba, y llegó a convertirse en una ira incontrolable. Jamás podría perdonarle lo que había hecho. Y, sin embargo, él seguía con vida y Dimma no. Cada vez que Hulda lo veía, pensaba en ella. Su hija estaba muerta, le había fallado, pero aun así su amor de madre resultaba todavía más fuerte que cuando estaba viva.

Tenía que alejar a Jón de su vida. Pero la solución tampoco consistía en divorciarse de él, y mucho menos deseaba arrastrar a la familia a un escándalo público con una investigación oficial sobre un delito sexual. Eso estaba descartado. No, de puertas afuera quería que todo estuviera inmaculado, pero Jón tenía que desaparecer y pagar sus fechorías.

De hecho, le resultó de lo más fácil.

Jón sufría de una patología cardiaca, pero con la medicación correcta podría haber vivido décadas. Lo único que ella tuvo que hacer fue cambiar sus pastillas por otras que no le servían y mantenerse a la espera de que el cambio tuviese algún efecto, de que, algún día, Jón simplemente se quedase dormido y no se volviese a despertar.

Hulda, por supuesto, era consciente de que lo que hacía estaba mal; no solo mal, sino que era, a todos los efectos, un asesinato. Aun así, la necesidad de deshacerse de Jón y de encontrar algo de paz pesaba más que esos sentimientos; necesitaba desesperadamente hacer justicia, vengar la muerte de su hija, pero, por encima de todo, no podía soportar la idea de que Jón siguiese viviendo y ella no.

Cuando hubo puesto en marcha el plan no le dio muchas vueltas; no al principio. La reflexión llegó más tarde, demasiado tarde. Un día se hartó de esperar y, al regresar del trabajo a casa para comer, a sabiendas de que él estaría ahí, forzó una discusión y se enfrentó a él sin piedad hasta que, al final, le falló el corazón y sufrió un paro cardiaco.

Jón cayó al suelo del salón, incapaz de hablar o de gritar, aunque vivo. Miró a Hulda con una súplica en los ojos; era imposible que supiese lo que ella había hecho, y ella no sintió la necesidad de explicárselo, se limitó a verlo morir mientras pensaba en su hija, en Dimma. No sintió arrepentimiento, pero tampoco placer, y cuando por fin Jón se hubo marchado, la sensación que la embargó fue de alivio; por fin había terminado.

Desde ese momento tuvo la certeza de que, aunque todo cambiaría, ella podría seguir adelante con su vida. Había hecho lo que debía, había matado a un hombre que había cometido un crimen mucho peor que el asesinato.

Hulda dejó a su marido en el suelo y volvió al trabajo.

Cuando más tarde regresó a casa, «encontró» el cadáver y llamó a emergencias. Y eso fue todo.

Un hombre con problemas cardiacos había muerto antes de tiempo. Nada raro. Su hija se había quitado la vida poco antes; eran tiempos difíciles.

Ni un ápice de sospecha acerca de la causa real del suicidio de Dimma, ni mucho menos en cuanto a que existiera algo fuera de lo normal en el fallecimiento de Jón. Toda la compasión era para la viuda, que, encima, trabajaba en la policía. Por supuesto, no se abrió ninguna investigación. Y por supuesto, ella se salió con la suya, pero apenas pasaba una noche sin que Jón se le apareciera en sueños. En pesadillas, mejor dicho. Había cometido un asesinato. Le había resultado fácil, pero le era imposible vivir con ello.

De modo que tal vez era un castigo merecido, pensó, acabar la vida de esta manera tan horrorosa.

Trató de no dejarse llevar por el pánico, de respirar con normalidad, pero la tierra que Bjartur le había echado encima le impedía coger aire. Mientras esperaba que sucediera lo inevitable, pensó en su hija. En realidad nunca había dejado de pensar en Dimma, pero en ese momento el recuerdo de su rostro era más vívido que nunca, y sintió como la inundaba un amor infinito mezclado con una horrible culpa.

«Dimma...»

Parecía que Bjartur había dejado la pala por un instante. Quizá para tomar aliento. O quizá Hulda había pronunciado el nombre de su hija en voz alta y lo había desconcertado.

Luego empezó de nuevo.

Y los pájaros cantaban.

No sabían que ya era de noche.

EPÍLOGO

—Resulta gratificante ver cuántos nos hemos reunido aquí hoy, en este día tan hermoso, para despedir a Hulda Hermannsdóttir —dijo el sacerdote—. Por supuesto, este no es un funeral al uso, en tanto que, como todos sabéis, continúa desaparecida. Rogamos de todo corazón que nuestra amiga continúe ahí fuera, en alguna parte, disfrutando de la vida; que simplemente haya querido irse por motivos que desconocemos. De manera que, aunque lo que nos ha unido aquí sea triste en muchos aspectos, quizá podamos aprovechar la ocasión para celebrar su vida. Ninguno de nosotros sabe con exactitud qué pasó, ni por qué Hulda se desvaneció sin dejar rastro su último día de empleo, cuando estaba a punto de embarcarse en una jubilación larga y feliz y tenía al fin la oportunidad de recoger los frutos de su noble trabajo tras décadas de servicio en la policía. Por supuesto, es inevitable que la gente afronte de desigual manera un momento tan crucial de la vida como es el cese de la actividad laboral. Algunos lo contemplan con preocupación; otros, con ilusión. No sabemos cuál era la actitud de Hulda a ese respecto ni cómo se sentía ese último día, como tampoco sabemos dónde se encuentra ahora, pero una cosa sí que es segura y es que puede descansar en paz, tanto ante los hombres como ante Dios.

»Hulda tuvo una muy feliz carrera en la policía, fue ascendiendo metódicamente en el escalafón y disfrutando del aprecio tanto de sus subordinados como de sus superiores. Durante la mayor parte de su carrera se dedicó a la investigación de delitos graves, con la mirada puesta en garantizar que la sociedad continuara siendo pacífica y segura. Participó en la investigación y resolución de algunos de los mayores casos delictivos de los últimos años, a menudo en primera línea, pero también a veces entre bambalinas, evitando los focos con la humildad que la caracterizaba.

»Sé que muchos de los compañeros de fatigas de Hulda fueron mucho más allá de lo que marca el deber para tratar de localizarla esta primavera pasada, a pesar de que apenas había hilos de los que tirar. Y también sé que ella, desde luego, habría sabido apreciar el afecto implícito en esa contribución abnegada y altruista. Sus amigos no se rindieron hasta que resultó evidente que no había posibilidad de encontrarla. La búsqueda se desarrolló, entre otros lugares, en las Tierras Altas y en las montañas, donde Hulda se sentía como en casa. Como todos sin duda sabéis, su mayor afición era el senderismo. A menudo decía de sí misma que era una auténtica cabra montés. No sé cuántos picos escaló, y probablemente ella tampoco. Podemos, acaso, imaginarnos que al cabo de su última jornada de trabajo habría subido a una de sus montañas favoritas para celebrar ese hito, pero que esa excursión resultó ser su postrer viaje. Y, en ese caso, descansaría ya en el seno de la naturaleza islandesa que tanto amaba.

»Hulda pasó sus dos primeros años de vida en una casa cuna de Reikiavik por circunstancias familiares especiales. Era una práctica frecuente en aquel entonces, desaparecida hoy en día. Allí estuvo extremadamente bien atendida, rodeada de toda atención y cuidados. En torno a los dos años de edad volvió con su madre y, ambas, madre e hija, se mudaron con los abuelos maternos, la gran familia unida; entre Hulda y su madre siempre hubo fuerte lazos de amor, al igual que con sus abuelos. Disfrutó de una infancia feliz y cariñosa, lo cual dio buenos frutos: era una persona abierta y de talante alegre, capaz de llevarse bien con todo el mundo. Hulda nunca conoció en persona a su padre, de nacionalidad estadounidense.

»Cabe destacar a dos personas que ocuparon un puesto primordial en su corazón. A su marido, Jón, lo conoció joven y se casaron tras un breve noviazgo; todo un acierto, porque a ambos los han descrito como almas gemelas. Hulda y Jón supieron mantenerse unidos a las duras y a las maduras, compartiendo aficiones y complementándose el uno al otro como hacen los buenos compañeros. Sus amigos dicen que nunca hubo una sola discusión entre ellos. Construyeron un hogar junto al mar, en la campiña costera de Álftanes, que no era una zona tan urbanizada como hoy en día, y puede que la admiración y el respeto de Hulda por la naturaleza islandesa surgiese entonces.

»Fue allí donde nació su bien más preciado, su hija Dimma, la niña de sus ojos. Dimma tenía numerosos amigos en el colegio y fue una alumna ejemplar, una muchacha muy prometedora de la que Hulda y Jón se sentían muy orgullosos. Su trágica muerte en la adolescencia resultó devastadora para ambos. Aun así, el matrimonio lo afrontó con resignación y coraje, haciendo piña como de costumbre, apoyándose el uno al otro. Siguieron viviendo en Álftanes y volvieron a sus empleos: Hulda, a la policía; Jón, a las inversiones. Hasta que dos años más tarde Hulda perdió al amor de su vida. Hacía ya tiempo que a Jón le habían diagnosticado una patología cardiaca, pero nadie esperaba que falleciese tan joven como fue el caso. Una vez más, Hulda tuvo que recurrir a esa valentía interior suya para afrontar tan duro golpe y volvió a resurgir para enfrentarse a la vida y seguir haciéndose valer en una profesión tan exigente como la suya.

»Hulda jamás olvidó a Jón y a Dimma. Sabemos que mantuvo firme su fe religiosa a través de los años, en la convicción de que volvería a reunirse con sus seres queridos en la otra vida. Por eso podemos decir que todos nosotros, que tanto añoramos a Hulda, hallamos cierto consuelo en el hecho de que ahora mismo ya descansa en los brazos de Jón y de Dimma, a quienes amaba más que a la vida misma.

»Que Dios bendiga la memoria de Hulda Hermannsdóttir.

No te pierdas la serie Inspectora Hulda en Booket:

Serie Islandia Negra: